O poeta e a inquisição

Gonçalves de Magalhaes

Copyright © 2013 da edição: Editora DCL – Difusão Cultural do Livro

Equipe DCL – Difusão Cultural do Livro

DIRETOR EDITORIAL: Raul Maia

Equipe Eureka Soluções Pedagógicas

REVISÃO DE TEXTOS: Joana Carda Soluções Editoriais

Texto em conformidade com as novas regras ortográficas do Acordo da Língua Portuguesa

Dados Internacionais de Catalogação na Publicação (CIP)
(Câmara Brasileira do Livro, SP, Brasil)

Magalhães, Domingos José Gonçalves de, Visconde
de Araguaia, 1811-1882.
O poeta e a inquisição / Gonçalves de
Magalhães. – São Paulo : DCL, 2013. –
(Clássicos literários)

ISBN 978-85-368-1643-2

1. Teatro brasileiro I. Título. II. Série.

13-01037	CDD-869.92

Índices para catálogo sistemático:

1. Teatro : Literatura brasileira   869.92

Impresso na Índia

Editora DCL – Difusão Cultural do Livro
(11) 3932-5222
www.editoradcl.com.br

Sumário

Primeiro ato
CENA I..5
CENA II..6
CENA III...6
CENA IV..11
CENA V...12
CENA VI..15
CENA VII...16
CENA VIII..16

Segundo ato
CENA I..17
CENA II...19
CENA III..20
CENA IV..20
CENA V...24
CENA VI..25
CENA VII...26
CENA VIII..29
CENA IX..30

Terceiro ato
CENA I..31
CENA II...32
CENA III..37
CENA IV..37
CENA V...38
CENA VI..38

CENA VII 40
CENA VIII 40
CENA IX 41
CENA X 41

Quarto ato
CENA I 42
CENA II 43
CENA III 45
CENA IV 49
CENA V 50
CENA VI 51
CENA VII 53

Quinto ato
CENA I 54
CENA II 57

Primeiro ato

CENA I

Vista de sala particular em casa de Mariana. De um lado uma cômoda, sobre a qual estará um oratório fechado, cujo destino se indicará no segundo ato. Do lado oposto uma mesa, e um candeeiro antigo. Mariana sentada, com um papel na mão, como que estuda sua parte teatral. Lúcia em pé, espevitando a luz.

[Mariana e Lúcia]

MARIANA – Deixa-me, Lúcia; deixa-me tranquila;
Vai-te, deixa-me só... Repousar quero.
Esta cabeça de fadigas tantas.
De mim terias pena, se soubesses
Que turbilhão de fogo me devora
Sente tu mesma, toca. *(Levando a mão de Lúcia à cabeça)*
LÚCIA – Oh, como queima!
Parece um forno!... Que terrível febre!
Senhora, quer que eu faça alguma coisa?
Quer que eu chame o doutor?
MARIANA – Não; nada quero.
Somente que me deixes, eu te peço.
LÚCIA – Como a posso deixar em tal estado?
Fora preciso um coração de pedra.
Não... agora me lembro... vou fazer-lhe
Um remédio caseiro; espere, eu volto. *(Sai)*

CENA II

MARIANA – Pobre Lúcia, que amor tu me consagras...
És quase mãe, fiel, sincera amiga.
Quantas obrigações eu te não devo...
Oh! que aguda pontada!...

CENA III

LÚCIA *(Voltando com um copo na mão)* – Aqui lhe trago
Um remédio bem simples, mas que cura;
É um pouquinho d'água com vinagre.
Molha-se o lenço... assim... É coisa santa;
Não tenha medo; aplique-o sobre as fontes.
Ensinou-me... quem mesmo?... nem me lembro.
MARIANA – Oh, que dor! fez-me mal a frialdade.
LÚCIA – É sempre assim; daqui a pouco passa:
Mas tenha paciência.
MARIANA – Estou mais calma;
O calor se dissipa, e a dor se abranda. *(Pega no papel para ler)*
LÚCIA – Deixe, senhora, esse papel maldito.
Que praga! Forte teima de leitura!
Continuamente a ler!... Nunca descansa!
Eis aí porque sofre... não se queixe.
O mesmo ferro, quando muito o malham,
E a pedra, quando a batem, ferem fogo,
Quanto mais a cabeça, que é sensível!
Isso é mania!
MARIANA *(Levantando-se)* – Vê como é difícil
O trabalho da mente, e o quanto custa
Ter um nome no mundo! Enquanto dormes
No teu leito tranquila, eu velo, eu luto.
A noite para ti traz o repouso,
E se o dia ao trabalho te convida,
Com a paz no coração deixas o leito.
Teu diurno trabalho não te cansa;
Com a paz no coração ao leito voltas.
Mas eu, quando repouso? Ante um espelho,
Estudando paixões, compondo o corpo,

O poeta e a inquisição

Mil expressões numa hora procurando,
Meus dias passo; – e tu doida me julgas
Quando me vês gritar, lutar, ferir-me,
E às vezes investir-te delirante!
Durante a noite minha fonte escaldo
Junto desta candeia, que me aclara,
Sua negra fumaça respirando,
Ou medindo o salão de um lado a outro
Sempre com o meu papel diante dos olhos
Como um espectro do sepulcro erguido,
Em desalinho, pálida: e cem vezes
Primeiro a luz se apaga, que eu me deite.
Se busco o leito então, oh, que tormento!
Da cabeça inflamada o sono foge;
Nova cena a meus olhos se apresenta.
No teatro me cuido; escuto a orquestra,
Vejo a plateia, e os camarotes cheios,
Ouço os aplausos, bravos que me animam,
E com esta ilusão a vida cobro.
Mas eis que durmo, sonho, e de repente
Ao som da pateada aflita acordo.
É manhã; – e outra vez começa a lida.
Oh vida! Oh ilusão! Oh meu martírio!
LÚCIA – Oh! certamente que me causa pena.
Tanto eu não poderia: antes quisera
Uma esmola pedir de porta em porta,
Do que seguir tal gênero de vida.
E então porque ralar sua existência?!
Para agradar ao povo! e apresentar-se
A rir, ou a chorar, como uma doida!
MARIANA – Que dizes tu? Coitada! o teu discurso
Bem mostra que da glória o amor não sentes.
LÚCIA – Não sinto, e queira o céu que eu nunca o sinta;
Que se da glória o amor é que lhe causa
Tantas inquietações, tantas vigílias,
Desprezo tal amor. Eu de contínuo
Nas minhas orações me recomendo,
Quando me deito, ao grande Santo Antônio,
E ao meu anjo da guarda que me ajudem,
E de vis malefícios me preservem.
Só quero amar a Deus... Diga, senhora,
Porventura Camões amava a glória ?

MARIANA – Oh, se a amava!... E que luso depois dele tanto amou-a?
LÚCIA – Pois bem, sempre foi pobre;
Na miséria viveu, pedindo esmolas,
E morreu no hospital senhor Antônio
Que lhe diga o que ganha com as comédias
Que ele compõe, para agradar ao povo.
MARIANA – Ganha a reputação de Plauto Luso, de um ilustre
escritor, de um grande homem.
LÚCIA *(Com ar de compaixão)* – Melhor fora dizer – de um pobre homem.
MARIANA – E o que tem a pobreza com o talento?
LÚCIA – Muito; que em Portugal andam casados.
E se o senhor Antônio continua,
Já lhe prevejo um fim bem miserando.
Eu só ouço dizer que ele é jocoso,
Que faz as pedras rir: eis porque o amam.
E se não fosse a banca, e os demandistas
Que lhe dão de comer, creio decerto
Que ele morto estaria há muito tempo,
Ou pelas portas pediria esmola
Como o pobre Camões... Camões!... Coitado!!
Quando da sua sorte me recordo,
Em lágrimas meus olhos se convertem.
Pobre homem... Tão moço!... Cavalheiro,
Que pudera ter sido alguma coisa,
Dar em poeta!... Andar fazendo versos!
Errando pelo mundo; naufragando!
Vir à Lisboa, e aqui pedir esmolas;
Comer o pão com lágrimas molhado;
(Com tom de piedade e de compaixão)
Morrer num hospital! Eu creio vê-lo *(Limpando as lágrimas)*
Envolto num lençol, no adro da Igreja,
Sobre o pedra estendido, ali, exposto,
Movendo a piedade de quem passa,
Que lhe atira um real para sua cova!...
Oh meu Deus, que castigo!...Eu tenho um filho,
Um filho que também erra no mundo;
Faze que ele da glória o amor não sinta;
Que não tenha talento, e sobretudo
Que não seja poeta, porque possa
Ser feliz sobre a terra.
MARIANA – O teu discurso,
Malgrado meu, o coração me toca.

O poeta e a inquisição

Confesso que não falas sem motivo.
Mil vezes refletindo sobre a sorte,
Vendo a miséria perseguir o gênio,
A ingratidão dos homens, a injustiça,
A infâmia que sobre ele a inveja lança,
E o desprezo da vil mediocridade,
Que no lodo se arrasta como o verme,
E outro Deus não conhece mais que o ouro,
Discorro como tu; e só desejo...
Nem sei o que... morrer... deixar o mundo.
Confesso que abraçaria o teu conselho,
Se não fosse ser eu já conhecida,
E não poder arrepiar caminho.
Sobre mim julga o povo ter direito.
Amanhã se eu disser: "Adeus, teatro!"
Todos se julgarão autorizados
A me vir indagar qual o motivo.
Que não diria o povo? e que calúnias,
Que infâmia sobre mim não lançaria?
Quase que sou escrava. – No que dizes,
Acho muita razão.
LÚCIA – Mas não a segue.
MARIANA – Nem posso.
LÚCIA – Então por quê?
MARIANA – É impossível.
LÚCIA – Impossível!
MARIANA – Sim, Lúcia.
LÚCIA – Quem a impede
De seguir meu conselho?
MARIANA – A minha sorte.
Cada qual tem a sua; a minha é esta.
LÚCIA – Mas a sorte se muda; mude a sua.
MARIANA– E tu por que não mudas tua sorte?
LÚCIA – A minha é outro caso; e só Deus sabe
Se lhe eu peço que a mude; – mas debalde.
MARIANA – Ah! tu cuidas que é Deus quem te embaraça
De mudar tua sorte?
LÚCIA – Oh, certamente!
Não tenho vocação de andar servindo,
Nem faço gosto nisso.
MARIANA – Pobre Lúcia,
Dás armas contra ti; sem gosto serves,

E cuidas não poder mudar de vida,
A culpa pondo em Deus, e tu me acusas?
Queres sem mais razão que eu mude a minha,
Quando por vocação me dou à cena?
Tenho razão demais para segui-la.

LÚCIA – Lá, senhora Mariana, em argumentos
Não me quero meter com a senhora;
Não tiro conclusões, nem tenho estudos:
Mas enfim a razão está dizendo,
E dizer tenho ouvido a muita gente,
Que é melhor e mais nobre ser criada
Que ser comediante.

MARIANA – Lúcia, é muito!
Nunca pensei que a tanto te atrevesses.
Se não fora o ter dó do teu estado,
Hoje mesmo...

LÚCIA – Senhora não se ofenda;
Disse isto por dizer; sou uma tonta;
Desculpe esta ousadia.

MARIANA – Eu te perdoo;
Tu pensas como o vulgo.

LÚCIA – Eu me retiro.

MARIANA – Vai-te, vai-te deitar.

LÚCIA – Se necessita
De mim alguma coisa...

MARIANA – Nada quero.

LÚCIA – Boa-noite, senhora.

MARIANA – Deus te ajude.

CENA IV

MARIANA *(Só)* – Entretanto ela pensa como o mundo,
Que nos vê com desprezo, e que nos trata
Como uma classe vil e desgraçada,
Sem honra e sem pudor; que ousa mostrar-se
Em público debaixo de mil formas,
Só por amor do ganho; hoje trajada
Com as vestes reais de soberana,
Amanhã com os andrajos da pobreza...
Para rir, e passar alegre uma hora,
Não para corrigir seus ruins costumes,
O teatro procuram: nós lhe damos
Envolto em mel um salutar remédio;
Com seus próprios defeitos e seus erros
Excitamos o riso; e outras vezes
Com o quadro da desgraça e da virtude
Na alma nobre paixões lhes acendemos,
Mostramos a inocência perseguida,
Um pai sem coração, um filho ingrato,
Uma esposa infiel, um Rei tirano,
Um magistrado que a justiça vende.
Interpretando a história, e dando vida
Às sublimes lições da Poesia,
Lhes mostramos os rápidos contrastes
Do nada e da grandeza: eles nos ouvem,
Eles nos vêem com lágrimas nos olhos;
E quando nós lhes embebemos na alma
A dor, a compaixão, o amor, e a ira,
Esquecidos mil vezes, nos transportes,
Que dos quadros que vêem, eles são normas,
Que de crimes iguais são réus às vezes,
Cheios de entusiasmo nos aplaudem,
Choram mesmo conosco, e se envergonham
Ao aspecto do quadro, que desperta
Como um remorso vivo a consciência
De seus crimes; – porém a noite passa,
E amanhã o desprezo é nosso prêmio!...
Nós somos como a flor, que, enquanto fresca
Seu cheiro exala, a guardam cuidadosos;
Mas logo que exalou o aroma todo,

Logo que murcha, para o canto a atiram.
Assim pratica o povo, ingrato sempre!...
Eu sei que isto é assim; porém que importa!
Não posso resistir ao meu instinto...
Um imenso teatro é este mundo;
Um papel aqui todos representam;
Eu represento dois, de dia e noite.
Eis meu único crime. *(Batem com força na porta)*
Mas quem bate
Com tanta força? Quem será? *(Batem de novo)*
Quem bate?
ANTÔNIO JOSÉ *(Da parte de fora)* – Abre a porta, Mariana, abre depressa.
MARIANA – É Antônio José! *(Apresentada, abre a porta)*

CENA V

Antônio José entra assustado, e arquejando de cansaço encosta-se na porta com a mão na chave, depois fecha a porta e assenta-se sem dizer coisa alguma. Mariana todo este tempo terá os olhos firmes sobre ele cheia de terror; depois de grande silêncio de parte a parte Antônio suspira, e então Mariana fala.

[Mariana e Antônio]

MARIANA – Senhor, que tendes?
Estás doente?
ANTÔNIO JOSÉ *(Levantando-se furioso)* – Sim; mas é de raiva
De não poder tragar esses sicários,
Raça vil, bando infame de assassinos,
Que vivem de beber o sangue humano;
Oh, maldição do céu caia sobre eles.
Maldição! maldição! o céu me escute.
MARIANA – Oh, já vejo: ladrões vos atacaram!
Quiseram vos roubar! Estais ferido?
ANTÔNIO JOSÉ – Sim, dizes bem, ladrões... ladrões, sicários!
Por toda parte só ladrões encontro;
Tudo se rouba, vida, honra, dinheiro;
Rouba-se ao português a liberdade,
E até o pensamento roubar querem.
Infames! Querem que o homem seja escravo,
Que seja cego e mudo, e que não pense,

O poeta e a inquisição

Para melhor calcar-nos a seu grado!
De noite, aproveitando o horror das trevas,
Subalternos ladrões giram nas ruas,
E em cada canto o cidadão encontra
Um punhal, e uma cara de assassino!
Se dele escapa, em cada praça topa
Um refalsado amigo, um vil espia!
Não é seguro asilo a nossa casa.
Não há lei, nem costumes, nem governo,
Nem povo, nem moral; sobressaltado
Está sempre o homem, sempre receoso
Do que diz, do que pensa; nem no leito,
Nem no templo de Deus há segurança;
Lá mesmo vão perversos aninhar-se;
Lá se acoitam traidores homicidas,
Que se cobrem com o manto da virtude,
Para mais a seu salvo flagelar-nos.
Mais brutais, mais sacrílegos, infames!
Profanam de seu Deus, que adorar fingem,
O nome, e a lei de amor. E tu consentes,
Oh Deus! que me ouves, que os suporte a terra?
Que em teu nome perpetrem tantos crimes?
Mas se consentes tonsurados lobos
Sobre a terra, o castigo lhes preparas;
Sim, sim eu creio no futuro prêmio,
No castigo futuro. – Deus é justo.
MARIANA – Que discurso! – A razão terá perdido? *(À parte)*
Nunca vos vi assim! Que estranho caso
Vos pôde acontecer.
ANTÔNIO JOSÉ – Estou perdido.
MARIANA – Perdido! Como assim? Por que motivo?
ANTÔNIO JOSÉ – Nada sei.
MARIANA – Que aflição isto me causa!
ANTÔNIO JOSÉ – Os monstros!... se eu pudesse exterminá-los!
Qual é meu crime? O que é que tenho feito,
Para ser perseguido?
MARIANA – Perseguido?
ANTÔNIO JOSÉ *(Segurando na mão de Mariana)* – Sim, persegui
do, sim; talvez agora
Os vis denunciantes me procurem.
Talvez mesmo a teu lado, quando cuido
Estar salvo e seguro, alguém me escute.

MARIANA – Oh, que delírio!

ANTÔNIO JOSÉ – Não, eu não deliro;
Nunca em mim a razão falou tão alto.
Não estou seguro aqui. *(Furioso passa para o outro lado, empurrando Mariana)*

MARIANA – Oh, que injustiça,
Senhor, vós me fazeis! Julgais acaso
Que sou vossa inimiga? Quem vos pôde
Inspirar essa ideia? E que motivos
Tendes vós contra mim? Como é possível
Que me trateis assim?

ANTÔNIO JOSÉ – Não, Mariana,
Não me queixo de ti; eu te conheço;
Sei que para salvar-me tudo deras;
Mas é quase impossível.

MARIANA – Ainda ignoro
Dessa mudança a causa.

ANTÔNIO JOSÉ – Como ignoras?
Mas então tu não vês? Já te não disse?
Queres pois que mil vezes te repita,
Que não posso escapar, que me perseguem?

MARIANA – Mas quem?

ANTÔNIO JOSÉ *(Com furor)* – A Inquisição! A Inquisição!

MARIANA– Oh Deus! A Inquisição? *(Cheia de horror)*

ANTÔNIO JOSÉ *(Rindo-se de cólera)* – O Santo Ofício!

MARIANA – Que horror! A Inquisição!

ANTÔNIO JOSÉ *(Cólera misturada de piedade)* – Oh que ironia!
O Santo Ofício... Santo?... O Santo Ofício,
Mil vezes infernal! Obra do inferno!
Santo!... Como está tudo profanado!
Como os homens são maus! como eles zombam
Até com o nome de Deus! Quem poderia
Crer que a Religião de Jesus Cristo
De instrumento servisse a tanta infâmia?

MARIANA – Sossegai; Deus protege os inocentes.

ANTÔNIO JOSÉ – No outro mundo, talvez.

MARIANA – E também neste.

ANTÔNIO JOSÉ – Neste não; que este mundo é dos malvados.

MARIANA – Mas entre eles também há homens justos.

ANTÔNIO JOSÉ – Para vítimas serem dos perversos.

MARIANA – Embora seja assim; o que nos cumpre
É cuidar de salvar-vos!

ANTÔNIO JOSÉ – Porém como?

O poeta e a inquisição

Como da Inquisição fugir às garras?
Se aqui fico, não posso estar seguro;
E se saio, hoje mesmo serei preso.
Pois bem, daqui não saio; que se cansem;
Não lhes darei tão fácil a vitória.
Cedo ou tarde a masmorra é infalível,
Mas quero que primeiro se exasperem.
Lei de sangue, fundada na ignorância,
Que se opõe à razão, e à natureza,
Não é lei a que os homens obedeçam. *(Andando)*
Antes quero morrer longe da Pátria
Do que nela sofrer a tirania.
Se para o cidadão não há direitos
Não há também deveres... Sim, é justo.
Vou escrever ao Conde de Ericeira.
Dá-me papel... Eu quero que ele saiba
A triste posição em que me vejo.
Lúcia onde está?
MARIANA – Lá dentro.
ANTÔNIO JOSE – Vai chamá-la. *(Mariana sai)*

CENA VI

ANTÔNIO JOSÉ *(Só, escrevendo)* – "Nobre Conde, entre a vida e a
morte existo,
Um pé na Inquisição, outro no mundo;
Decidi de que lado cair devo.
(Não lhe quero pintar com negras cores
O estado em que estou, para poupar-lhe
Momentos de furor; – continuemos.)
"Decidi, nobre Conde; em vós confio;
Vós me podeis salvar; sem vós eu morro."

CENA VII

ANTÔNIO JOSÉ, MARIANA, e LÚCIA

ANTÔNIO JOSÉ – Toma, leva esta carta; mas de modo
Que a não percas; vê bem. Com brevidade
Vai à casa do Conde de Ericeira;
Entrega a ele mesmo... Lúcia, escuta:
Se o criado impedir-te de falar-lhe,
Dize que vais daqui de minha parte;
Não voltes sem resposta.
LÚCIA *(Saindo)* – Que mistério!

CENA VIII

ANTÔNIO JOSÉ – Agora vamos ver quem de nós vence.
Oh Santa Inquisição, eu te assoberbo!

FIM DO PRIMEIRO ATO

Segundo ato

CENA I

A mesma decoração do primeiro ato. Mariana em pé encostada a uma porta, por ondemais tarde deve sair António José.

MARIANA – Ele dorme, tão perto da desgraça!
Ele dorme; sua alma é inocente,
Seu coração é puro. – Ai, pobre Antônio!
Goza ao menos esta hora de descanso;
Não te quero acordar; em paz repousa
Essa cabeça que o terror perturba. *(Caminha para o meio da cena)*
Feliz quem dorme! O sono é o refúgio
Do desgraçado; mais feliz ainda
Se ele nunca acordasse... E quem, quem sabe
Se este sono, depois de tanta angústia,
Este sono tranquilo em leito estranho,
É a imagem do sono sobre o túmulo?
Um precursor da morte? Deus! quem sabe
Se é da vida este sono o derradeiro,
Seu último descanso sobre a terra?
E que acordando, em vez de ver a aurora,
Se ache na escuridão de uma masmorra?!
Ah! quem escapa ao tribunal de sangue,
Quando ele quer ferir? Tudo é inútil;
Nem vale a proteção, nem a inocência,
Nem o Rei de seu golpe está seguro!
Oh, desgraçado Antônio! E ele repousa!
E ele dorme tão perto da masmorra! *(Caminhando para o oratório)*
Oh Mãe do Redentor, velai sobre ele;
Pedi por ele ao vosso Filho amado;
Sim, oh virgem de graça. *(Ajoelha-se)*
Eis-me prostrada
A vossos pés, oh Mãe dos infelizes;
Tende de mim piedade; de uma pobre
Criatura sem Pai, sem Mãe, sem filhos,
Que se lemb rem de mim, que me socorram.

Abracei uma vida de amarguras,
Mas fujo do pecado, amo a virtude,
E apareço no mundo das calúnias
Sem infâmia, sem crime; e tudo devo
No céu a vós, na terra a este homem.
Sim, vós sois minha mãe, e ele tem sido
Sempre meu protetor, meu pai, e amigo.
Não permitais, oh Virgem, que ele sofra
Que ele morra, e que eu fique desgraçada. *(Antônio José suspira da parte de dentro)*
Que gemido, oh meu Deus! eu acordei-o. *(Levanta-se)*
Sem dúvida acordei-o... Talvez sonhe.
Nem dormindo repousa o malfadado. *(Caminha para porta do quarto)*
Escutemos... parou... nada... é que dorme. *(Voltando para o meio da cena; olha para o oratório)*
Lembrai-vos dele. *(Limpa os olhos, e abre uma janela que deita para a rua)*
Como tarda Lúcia.
Que noite escura! O céu como está negro!
Oh! que noite de horror!... nem uma estrela!
(Soam 10 horas num sino da igreja. Mariana conta em voz baixa as horas)
Dez horas!... Como a rua está deserta!
E Lúcia ainda não vem! Oh! que martírio! *(Fecha a janela, e vem para a cena)*
Que aflição para mim; quantos tormentos.
E amanhã como posso ir ao teatro?
Como desempenhar a minha parte?
Não posso deixar de ir; é necessário
Trabalhar toda a noite e todo o dia. *(Caminha para a mesa, toma um papel e reflete)*
Ignez de Castro!... que papel difícil!
Não preciso fingir; como me sinto,
Melhor exprimirei paixões alheias.
Vejamos;... ensaiemos esta cena. *(Dispondo a cena para representar)*
A ama aqui está; ali sobressaltado
O coro anuncia a minha morte,
Que o Rei, e armada gente me perseguem.
Em torno de mim choram; quase insana,
Cheia de horror, eu vejo os meus filhinhos;
Quero fugir, exclamo: – "Sonhos tristes!
Sonhos cruéis! Por que tão verdadeiros
Me quis este sair? Oh espírito meu,
Como não creste mais o mal tamanho
Que crias, e sabias? Ama, foge,

O poeta e a inquisição

Foge desta ira grande, que nos busca.
Não quero mais ajuda, venha a morte,
Morra eu, mas inocente[1]..."

CENA II

MARIANA e ANTÔNIO JOSÉ

ANTÔNIO JOSÉ *(Entra furioso, sem ver Mariana, como perseguindo alguém)*
– Morre, morre,
Eu me vingo de ti, monstro nefando!
MARIANA – Que escuto! oh céus! que vejo!
ANTÔNIO JOSÉ – Morre, morre.
Não podes escapar; não *(Lutando só, no meio da cena)*
MARIANA – Que delírio *(Corre para ele)*
Vós sonhais; acordai, Senhor Antônio!
ANTÔNIO JOSÉ – Onde está?... De que lado ele escondeu-se?
MARIANA – Não há ninguém aqui; eu tão-somente,
E vós: estamos sós.
ANTÔNIO JOSÉ – Então que é dele?
MARIANA – Isso é sonho.
ANTÔNIO – Quem és?
MARIANA – Sua Mariana.
Sou eu mesma... Aqui estou a vosso lado.
ANTÔNIO JOSÉ *(Abraçando-a)* – Pobre Mariana!... Que secura
ardente.
MARIANA – Quer água? Eu vou buscar. *(Sai)*

---

1. Estes versos são de Castro de Antônio Ferreira; Ato III, cena 3.

CENA III

ANTÔNIO JOSÉ *(Só, assenta-se)* – Que sonho horrível!
Onde estou eu?... Em casa de Mariana...
Como estou! *(Examinando o seu vestuário)*
Acordei sobressaltado...
Que suor frio! Estou gelado... Eu tremo...
Que peso sobre a fronte... Que secura...
Tenho a garganta ardente.

CENA IV

[Antônio José e Mariana]

MARIANA – Eis aqui água;
Beba de uma vez.
ANTÔNIO JOSÉ *(Depois de ter bebido)* – Como é suave! Oh, que prazer!
MARIANA – Quer mais?
ANTÔNIO JOSÉ – Basta, Mariana.
Meu capote?
MARIANA – Aqui o tem.
ANTÔNIO JOSÉ *(Levantando-se)* – Estou suando.
MARIANA – Quer deitar-se?
ANTÔNIO JOSÉ – Isso não; dormir não posso;
Quero antes passear, e distrair-me;
O exercício convém-me. Dá-me o braço.
MARIANA *(Passeando de um lado a outro)* – Fui eu que o acordei
com as minhas vozes?
ANTÔNIO JOSÉ – Não, Mariana; eu sonhava com serpentes.
E não sei com que mais... Era uma moça...
Espera, que me lembro. *(Para, como para lembrar-se)*
Eu?... sim, eu mesmo,
A via perseguida por um homem
Todo coberto com uma capa preta,
Que sobre uma fogueira a empurrara;
A moça me chamava a seu socorro,
Gritava por meu nome: eu corro a ela,

Chego, vejo-a; – e quem cuidas que ela fosse?
MARIANA – Quem?
ANTÔNIO JOSÉ – Eras tu, Mariana!
MARIANA *(Assustada)* – Oh Deus!
ANTÔNIO JOSÉ – Tu mesma!
MARIANA – Será pressentimento!?...
ANTÔNIO JOSÉ – Mal te vejo
Com pé na fogueira, a ti me arrojo,
Por um braço te arranco; ia salvar-te,
Quando preso me vejo, e rodeado
De multidão de frades, povo e tropa.
Era um Auto da fé! O Santo Ofício!
Tu a meus pés estavas desmaiada;
Então sacudo o corpo, solto os braços,
Tiro a espada, e colérico investindo
Contra a fogueira, espalho sobre a praça
E sobre a multidão tições acesos.
Tudo foge; o incêndio já lavrava;
Entre as chamas um homem me resiste,
Um só homem! Seus olhos cintilavam.
Não reflito; com a espada enfio as chamas,
Cego, com o braço alçado, a ele corro,
Frenético gritando: morre, morre!
De um lado a outro atravessei-lhe o peito;
Tiro a espada; de novo ia feri-lo;
Ergue-se o monstro, ri-se, e desaparece;
Procuro, em vão forcejo; e nisto acordo.
MARIANA – Este sonho quem sabe o que anuncia?
ANTÔNIO JOSÉ – Coisa nenhuma; o cérebro exaltado
Produz estas visões extravagantes.
MARIANA – Os sonhos muitas vezes nos revelam
Desgraças, que acordados não prevemos.
ANTÔNIO JOSÉ – Sim, há casos.
MARIANA – E casos bem notáveis.
ANTÔNIO JOSÉ *(Pensando)* – Há dias aziagos, em que o homem,
Em profunda tristeza mergulhado,
Se esquece de si mesmo, e se concentra
No mundo interior da consciência,
Nesse abismo mais vasto do que o mundo,
Nesse mistério oculto, indefinível,
Nessa imagem de Deus em nós contida,
Que relata o passado, e ama o futuro.

Parece então que o homem se envergonha
De tão pouco saber, de ter vivido
Sem saber o que ele é. Então se eleva
Nesse mundo ideal; não se contenta
Com o mundo dos sentidos; quer lançar-se
Além do espaço que seus olhos medem;
Quer prever, quer falar com o Ser Divino,
Quer saber o que é sonho, o que é a morte,
O homem que nem sabe o que é a vida!
Afirma sem provar, sem saber nega...
Ora, a noite os mistérios apadrinha;
Seu horror, seu silêncio segregando-nos
Como as negras paredes da masmorra,
As criações da mente favorecem,
E vasto campo dão à fantasia,
Que em largo vôo então desdobra as asas,
Mil mundos invisíveis visitando.
Quem sabe se essas sombras fugitivas
Como cometas que nos céus deslizam,
Que nós vemos de noite, e que nos falam
São simulacros de invisíveis seres?
Quem sabe se as visões, se os nossos sonhos
Oráculos são do íntimo sentido,
Que o homem deve interpretar? Quem sabe?
Ainda eu hoje sonhei... Oh, já descubro. *(Pensando profundamente)*
MARIANA *(Interrompendo-o)* – O quê, senhor? O quê?
ANTÔNIO JOSÉ *(Distraído, dando com a mão para o lado)* – Espera, espera.
Como me ia esquecendo!... Sim, foi hoje...
Foi esta noite... não; eu não me engano...
À Inquisição... eu fui denunciado!
E eu cuidava que tudo isto era sonho! *(Como tornando a si)*
Como tenho, meu Deus, esta cabeça!
Como estava esquecido!
MARIANA – Melhor fora,
Que tão sério em tais coisas não pensásseis.
Vossa imaginação é tão ardente,
Que em tudo a que se dá não acha termo.
ANTÔNIO JOSÉ – Dias há em que o homem está disposto.
A pensar seriamente, e a crer em tudo.
Não sei; isto me aflige... e o que me ocupa
É saber neste sonho por que causa
Ia para a fogueira estando eu livre;

E como isto se explica.

MARIANA – Oh Lúcia! Lúcia!

Como tarda!

ANTÔNIO JOSÉ – É verdade, onde está Lúcia?

Ainda não voltou?

MARIANA – Tardar não pode,

Eu espero por ela a todo o instante.

ANTÔNIO JOSÉ – É provável que o Conde também venha.

MARIANA – Não sei o que minha alma pressagia!

Se ela foi encontrada? Que desgraça!

Aquela carta... Que maior denúncia.

ANTÔNIO JOSÉ – Oh, é verdade! Que erro! Que loucura!

Não ter previsto! Condenar-me eu mesmo!

Cumpliciar o conde, e a ti, Mariana,

A ti, sim, que me deste asilo em casa,

Talvez que a seu pesar Lúcia confesse

Que eu aqui estou. Oh Deus! será possível

Que eu arraste comigo a tua queda,

Que à fogueira também comigo subas!?

Tu!... E o meu sonho!... Oh sonho! eu já te entendo.

MARIANA – E que importa, senhor, se verifique

Esse sonho terrível? Porventura

Tem para mim a vida tais encantos

Que eu não saiba morrer com rosto firme!?

Salvai-vos, eis somente o que desejo,

Morra eu, se for mister... Mas vós...

ANTÔNIO JOSÉ – Mariana,

Não me enterneças nesta crise horrenda,

De que nos servem lágrimas nesta hora?

Não se pode perder um só instante;

Fugir, ou esperar que Lúcia volte;

Ou talvez afrontar o bando infame

De meus perseguidores; sim, feri-los,

Morrer, matando, defendendo a vida;

Decide tu, Mariana. *(Batem na porta)*

MARIANA – Senhor, batem!

ANTÔNIO JOSÉ – Serão eles?

MARIANA – Quem bate?

LÚCIA *(Da parte de fora)* – Abra, senhora.

MARIANA – É Lúcia, é Lúcia. *(Indo apressada abrir a porta)*

ANTÔNIO JOSÉ *(Rindo-se de contentamento, corre para Lúcia, que entra)* – Enfim, estamos salvos.

CENA V

[Antônio José, Mariana e Lúcia]
(*Que entra com uma caixa*)

ANTÔNIO JOSÉ – Vem, abraça-me, Lúcia! O que há de novo?
Que me trazes aí? O que te disse
O conde de Ericeira?
LÚCIA – Aqui lhe trago
Esta caixa; não sei o que vem dentro:
Eis a chave.
MARIANA – Vejamos.
ANTÔNIO JOSÉ – E mais nada?
LÚCIA – Deu-me mais uma carta. *(Metendo a mão no bolso)*
ANTÔNIO JOSÉ – E tu perdeste-a?
LÚCIA – Creio que não; meti-a neste bolso;
Ei-la.
ANTÔNIO JOSÉ *(Arrebatando a carta)* – Pois dá-ma cá; nunca tens pressa.
O Conde é meu amigo; eu bem sabia
A quem me dirigia. *(Lendo)* "Caro Amigo,
Eu tenho a mesa pronta à tua espera;
Vem comigo cear; posto que tarde
Podemos rir sem medo; a ceia é fria,
Não te hás de queimar". – Eu bem o entendo!
Fez bem de me escrever desta maneira.
O que vem nessa caixa?
MARIANA – Um vestuário
De criado do conde.
ANTÔNIO JOSÉ – Oh, bela ideia!
Vai-te, Lúcia; de ti não precisamos.

CENA VI

[Antônio José e Mariana]

ANTÔNIO JOSÉ *(Começa a vestir-se de criado do Conde)* – Não tenho medo agora... estou zombando
Dos tais familiares... Que me encontrem,
E com este disfarce me conheçam.
Não posso perder tempo; adeus, Mariana. *(Abraçam-se)*
MARIANA – Adeus!
ANTÔNIO JOSÉ – Adeus... Tu podes lá ir ver-me;
Ou eu te escreverei. Não tenhas medo;
Não chores. Amanhã nós nos veremos.
MARIANA *(Caminhando para a porta)* – Não sei meu coração porque palpita!
Parece que algum mal inda adivinha. *(Batem na porta)*
Batem!... Tão tarde! *(Param)*
ANTÔNIO JOSÉ – O conde talvez seja,
Que me quis preparar esta surpresa.
Vou abrir; é o conde certamente. *(Quer abrir a porta.*
Mariana o retém, segurando-lhe no braço)
MARIANA – Senhor, o que fazeis? Eu não consinto.
Convém não arriscar a vossa vida.
Esperai. Que temor me nasce na alma *(Batem de novo)*
Bate-me o coração; tremo de medo.
ANTÔNIO JOSÉ – Que receias?
MARIANA – Senhor, quereis ouvir-me?
Retirai-vos, por Deus, enquanto vejo
Quem é que bate.
ANTÔNIO JOSÉ – Bem, eu te obedeço.

CENA VII

[Mariana e Frei Gil]

MARIANA – Oh Deus! *(Recuando cheia de espanto)*
FREI GIL *(Fazendo uma grande reverência, e com ar muito religioso)* –
Sou seu Ministro, e humilde servo,
E Deus esteja em vossa companhia.
De que temeis? Estais tão agitada!
Minha presença acaso horror inspira?
MARIANA – Na graça do Senhor sejais bem-vindo.
FREI GIL – Amém.
MARIANA – Pedis esmola para a Igreja!...
O que quereis de mim?
FREI GIL – Oh, nada, nada!
A uma obra pia a compaixão moveu-me.
Só por amor de vós deixei o claustro
Com tenção de salvar-vos. Mas eu vejo
Que me convém sair; eu vos molesto.
MARIANA – Ah, não, senhor! Perdão, perdão vos peço.
Desculpai meu receio mal fundado.
FREI GIL – Receio! uma cristã, de um sacerdote?
De um Ministro de Deus? Algum pecado,
Algum crime vos punge a consciência?
Tendes horror da Igreja?
MARIANA – Oh, por piedade,
Não me julgueis culpada; a vossa bênção
Vos peço humilde. *(Curvando a cabeça)*
FREI GIL – Filha, sossegai-vos.
Há muito que eu quisera procurar-vos.
Para vos evitar uma desgraça.
MARIANA *(Com veemência)* – Desgraça?
FREI GIL – Sim; e que desgraça horrível!
Só eu sei o perigo a que me exponho,
Vindo vos procurar, para avisar-vos.
MARIANA – Como, senhor, por mim tanta bondade!
Como de vosso amor me fiz credora?
FREI GIL – Dir-vos-ei devagar; o caso é grave;
E vendo-me aqui só a vosso lado,
Não posso ainda entrar em mim.
MARIANA – Sentai-vos.

FREI GIL *(Assenta-se)* – E vós ficais de pé?... Tomai assento.
MARIANA – Estou bem.
FREI GIL *(Querendo levantar-se)* – Então me ergo.
MARIANA – Eu obedeço.
FREI GIL – Deixai-me respirar... Ninguém nos ouve?
MARIANA – Ninguém.
FREI GIL – Como dizia: um mal ingente
Vos ameaça há muito. O Santo Ofício
Tem olhos sobre vós.
MARIANA – O Santo Ofício?
E por quê? Ainda mais este martírio!
FREI GIL – Eu não sei a razão, nem saber quero.
Só desejo servir-vos, mesmo quando
Tudo quanto se diz seja verdade.
Vós sois comediante, ides à cena,
E esse mundo profano vos conhece...
A vida que passais é desprezível.
Mereceis melhor sorte. Eu condoído
Quero vos proteger, quero salvar-vos.
Sois alvo de calúnia, e mais não digo;
Vós me entendeis.
MARIANA – O quê? Estou suspensa!
O que devo eu fazer? Qual é o meu crime?
FREI GIL – Já que vós o quereis, a custo o digo:
Um Antônio José, que eu não conheço,
E que talvez nesta hora em que vos falo
Na Inquisição esteja por seus crimes...
MARIANA – Crimes! êle? Senhor, isso é engano.
FREI GIL – Se o defendeis, oh filha, estais perdida.
Não toqueis em seu nome: ignore o mundo,
Ignore a Inquisição que um amor cego,
Um amor criminoso em vós existe.
MARIANA – Não amor criminoso; puro, e santo,
É o amor que nos une; o céu o inspira
Numa alma nobre, estreme de baixezas,
Uma alma como a minha; é a amizade,
Mais forte que o amor. É isto um crime?
FREI GIL – Folgo de vos ouvir, mas vos declaro,
Que o mundo com razões não se embaraça;
O mundo vos não crê.
MARIANA – Por própria experiência eu o conheço.
E a minha profissão abriu-me os olhos

Sobre o que é mundo: e sem temor vos digo
Que por meu protetor darei a vida,
E não me salvarei para perdê-lo.
FREI GIL – Refleti... consultai vosso interesse.
MARIANA – Mas primeiro o dever; o céu me obriga
A seguir o dever.
FREI GIL – Pois bem, segui-o;
Com Antônio José ide à fogueira;
Ide morrer no meio de uma praça,
Apinhada de povo, que há dois dias
No teatro vos dava mil aplausos.
Ninguém vos chorará, pobre senhora!
Eu só devo chorar, e no meu claustro
Rezarei por vossa alma. *(Enxuga os olhos)*
MARIANA – Oh cena horrível!
Meu Antônio José!
FREI GIL – O seu processo
Vos há de complicar. Ele não pode
Escapar, e nem vós. Porém, senhora,
Se o não amais; se é só pura amizade
Que vos une, convém antes salvá-lo,
Do que morrer com ele inutilmente.
MARIANA – Salvá-lo? E como?
FREI GIL – Um protetor zeloso
Tendes em mim; meu crédito, e dinheiro,
Tudo pode vencer; mas antes disso,
Deveis vos ocultar. Neste momento
Tenho uma casa pronta à vossa espera;
Nada vos faltará; a vosso lado
Constante velarei de dia e noite;
E de Antônio José nós trataremos
Com mais vagar, que o seu negócio é sério;
Não se decide assim. Vinde, senhora,
Sou vosso protetor, vinde comigo.
MARIANA – Quem? Eu? Sair daqui? É impossível,
Sem Antônio José.
FREI GIL – Que pertinácia!
Quereis morrer na flor de vossos anos?
E por quem? Por quem só vos causa a morte!
As iras desprezais do Santo Ofício,
E em mim vós insultais sua piedade.
Já que me desprezais, eu vos desprezo:

O poeta e a inquisição

Mas eu me vingarei de vós, e dele;
Desse judeu.

(Antônio José ouvindo estas palavras, mostra-se entre os bastidores, e insensivelmente vem tremendo, sem ser visto, como impelido por um ataque convulsivo)

CENA VIII

MARIANA, FREI GIL e ANTÔNIO JOSÉ

ANTÔNIO JOSÉ *(Investe ao peito de Frei Gil, este se curva, tremendo de medo)* – Hipócrita maldito,
Nas minhas mãos estás; treme, malvado,
Infame sedutor... Oh, já te curvas!
Onde está o poder que blasonavas?
Cuidavas estar só, e que podias
A teu salvo enganar com vãos discursos,
Uma pobre mulher?
FREI GIL – Oh, por piedade!
ANTÔNIO JOSÉ – Piedade de ti... morre, malvado. *(Como querendo sufocá-lo com as mãos)*
MARIANA *(Correndo para ele)* – Senhor, que ides fazer?... Por Deus vos peço,
Não vos cegueis.
FREI GIL – Perdão, não sou culpado,
Só para o vosso bem eu trabalhava.
ANTÔNIO JOSÉ *(Com um riso irônico misturado de indignação)* – Para meu bem! Que infame hipocrisia!
Como espia a traição naqueles olhos!
Como a imprudência treme-lhe nos lábios!
Não sei quem me retém? Que miserável!
Sai de meus olhos, sai, põe-te na rua,
Já, e já, antes que eu de ti me vingue.
(Sai Frei Gil, recuando com a cabeça baixa)

CENA IX

ANTÔNIO JOSÉ e MARIANA

MARIANA – Que fizeste, senhor? Alucinado
A conhecer vos destes.

ANTÔNIO JOSÉ – Nada temas;
Ele me não conhece, e sobretudo
Com este vestuário. Não o ouviste,
Que até pensa que estou já na masmorra!?

MARIANA – Assim é; mas convém acautelar-vos.
O conde vos espera.

ANTÔNIO JOSÉ – Sim, eu parto.
Bem me custa deixar-te.

MARIANA – É necessário.

ANTÔNIO JOSÉ *(Abraçam-se)* – Adeus, Mariana.

MARIANA (Apertando-lhe a mão) – Adeus.

ANTÔNIO JOSÉ – Nós nos veremos.

MARIANA – Deus permita que sim.

ANTÔNIO JOSÉ *(Já na porta)* – A Deus me entrego.

FIM DO SEGUNDO ATO

O poeta e a inquisição

Terceiro ato

CENA I

Vista de sala em casa do Conde de Ericeira. Uma mesa no meio, sobre a qual estará ovários livros e papéis; entre eles um livro mais para um lado, dentro do qual estará a carta que Antônio José escrevera ao conde.

O CONDE DE ERICEIRA *(Passeando)* – O que devo fazer? Formo
mil planos
Para salvá-lo, mas nenhum me agrada.
Talvez fosse melhor ir ao convento
Empenhar-me por ele... ou mesmo à casa
Do Grande Inquisidor... Mas de outro lado
Pode muito bem ser que ele sabendo
Que eu o protejo, e que lhe dei asilo,
Mais depressa o persiga, e até me force
A responder por ele ao Santo Ofício.
Pobre Antônio! e sobretudo
Sendo do judaísmo a sua culpa.
Se ele fugir quisesse, eu poderia
Alguns meios prestar-lhe... O mais prudente,
É bem nos informar desta denúncia,
Dar tempo a tudo, até que enfim se esqueçam.
Como ele está seguro em minha casa
Podemos refletir com madureza. *(Toca a campainha, e aparece um cobrador)*
Vê se Antônio José está dormindo:
Se não, que eu o espero... Em casos destes
Convém prever a tempo as consequências.
Eu não creio que o negócio entregue ao acaso;
Tem mil dificuldades certamente,
Mas nada é impossível... Oh!... *(Virando-se, dá com Antônio José que vem para ele)*

CENA II

O CONDE, e ANTÔNIO JOSÉ

ANTÔNIO JOSÉ – Bons-dias.
O CONDE – Cuidei que hoje do leito não saísses!
ANTÔNIO JOSÉ – Ao contrário; há bem tempo que deixei-o.
Não se pode dormir a sono solto
Quando se vê a espada de Dâmocles
Pendente sobre a fronte.
O CONDE – A fantasia
Creio que agora em ti mudou de cores.
Não gosto de te ver com um ar tão triste.
Onde estão as satíricas facécias
Com que outrora zombavas deste mundo?
ANTÔNIO JOSÉ – Eis dos homens a fraca natureza!...
Que mudança fiz eu de ontem para hoje!
Nem me conheço mais! Muda-se a sorte,
Muda-se o nosso gênio! Eis como somos;
E a razão poucas vezes nos governa.
Se felizes, alegres nos mostramos,
Amamos o prazer, o jogo, o riso,
A dança, tudo enfim quanto transporta
Os sentidos na escala dos deleites;
E no meio das nossas alegrias
Do dia de amanhã nos esquecemos.
Enquanto nós folgamos, outros sofrem;
Insultamos a dor dos outros homens,
Nem nos lembramos que o prazer é sonho,
E que só a desgraça é realidade!
Mas de repente a cena se transforma.
Do seio do prazer surge o infortúnio,
E aparece a razão com ar sombrio
De tristes pensamentos rodeado...
Então das ilusões o véu se rompe;
Vemos a nossos pés aberto o abismo,
Que de flores cobria a felicidade;
Conhecemos então o que nós somos;
Mil perigos então se nos antolham;
Fugimos do prazer, odiando o mundo,
E com a morte e a verdade nos achamos!

Oh contraste da vida! Oh dia! Oh noite!
Cruel alternativa!... E sempre cego
Levar se deixa o homem pelo mundo.
Parece que a razão, envergonhada
De nada ter servido nos prazeres,
Nos deixa na desgraça.
O CONDE – A culpa é nossa,
Que da razão tão pouco nos servimos.
ANTÔNIO JOSÉ – Nossa, sim, mas não tanto; grande parte
Tem nisso nossos pais, e nossos mestres,
Que são de nossa infância responsáveis.
Nunca a razão nos fala por seus lábios;
Sempre o terror, o medo e o servilismo.
Os erros que com o berço recebemos
Tarde ou nunca os perdemos.
O CONDE – Meu amigo,
Só a filosofia nestes casos
Da nossa infância os males curar pode.
ANTÔNIO JOSÉ – Sim, a filosofia! Onde está ela?
Termo pomposo e vão!... Quereis que eu chore
Como Heráclito sempre atrabiliário,
Aborrecendo os homens com quem vivo?
Ou que como Demócrito me ria
De tudo quanto vejo? – Porventura
Nisso consiste a natureza humana?
Quereis que eu seja estoico como Zeno?
Que diga que não sofro, quando sofro?
Porventura não somos nós sensíveis?
Quereis que de Epicuro as leis seguindo,
Só me entregue ao prazer, ou que imitando
A Crates, e a Diógenes, me cubra
Com roto manto, e viva desprezado,
Sem me importar com as coisas deste mundo,
Como o cão que passeia pelas ruas?
Se eu vou seguir de Sócrates o exemplo,
Pugnar pela razão, a morte é certa.
Quando toda a nação está corrupta
Embebida no crime, e espezinhada
Por homens viciosos, quem se afoita
A seguir a virtude, muito sofre.
Para viver então é necessário
Que o homem se converta em sevandija,

Que seja adulador, vil, intrigante,
Para, benquisto, ter assento entre eles.
O CONDE – Tendes razão em parte; não a nego.
Mas, pensando melhor, e a sangue frio,
Deveis me conceder que a maior parte
Dos homens não refletem seriamente
No que devem fazer; não é estranho
Que eles errem; porém, nós Literatos,
Nós que somos poetas e Filósofos,
Que temos por dever servir de exemplo,
Já que Deus nos dotou de algum talento
Para sermos prestantes aos mais homens,
Não devemos obrar como eles obram.
Nós podemos de cada seita antiga
Extrair o melhor; nunca devemos
À risca respeitar nossos costumes,
Antes se eles são maus satirizá-los.
Nem também atacá-los face à face,
Que então caímos no geral desprezo.
ANTÔNIO JOSÉ – Que quereis afinal? Que o vate seja
Poeta cortesão? Que se mascare?
Que nunca diga as coisas claramente?
Que combine a verdade com a mentira?...
Poeta que calcula quando escreve,
Que lima quando diz, porque não fira,
Que procura agradar a todo mundo,
Que, medroso, não quer aventurar-se,
Que vá poetisar para os conventos.
Eu gosto dos Poetas destemidos,
Que dizem as verdades sem rebuço,
Que a lira não profanam, nem se vendem;
Estes sim, são Poetas. Quanto aos outros,
São algozes das Musas; mercadores
Que fazem monopólio da poesia,
Com que escravos adulam seus senhores.
Quando escrevo meus dramas não consulto
Senão a natureza, ou o meu gênio;
Se não faço melhor, é que o não posso.
O CONDE – Tu pecas porque queres; bem podias
Compor melhores dramas regulares,
Imitar Molière; tantas vezes
Te dei este conselho.

O poeta e a inquisição

ANTÔNIO JOSÉ – Eu o agradeço.
Molière escreveu para franceses,
Para a corte do grande Luís quatorze,
Para um rei que animava Artes e Letras,
E eu para portugueses só escrevo;
Os gênios das Nações são diferentes.
E de mais, porventura por meus dramas
Sou eu denunciado ao Santo Ofício?
Creio que não. Os frades bem se importam
Que eu faça o povo rir. Tomaram eles,
E todos os mandões que nos governam,
Que o povo só procure divertir-se,
Que viva na ignorância, e não indague
Como vão os negócios, e que os deixem
A seu salvo mandar como eles querem.
Contanto que os impostos pague o povo,
Que cego e mudo sofra, que obedeça,
E viva sem pensar, eles consentem
Que o povo se divirta.
O CONDE – Meu Antônio,
Em parte tens razão, porém o povo
É culpado também porque obedece;
Quem tem a força em si por que se curva?
O que é Nação? A soma de escritores,
De artistas, mercadores, e empregados,
Gente do campo, frades, e governo:
Todos querem ganhar a todo custo,
Ninguém quer arriscar; disto resulta
A total decadência em que vivemos.
ANTÔNIO JOSÉ – Como vai Portugal! Que triste herança
Receberão de nós os filhos nossos!
Tantas lições sublimes de heroísmo;
Tantos feitos de nossos bons maiores,
Patriótico zelo, amor de glória,
Num século estragamos! Nada resta!
Que contraste terrível! Como um dia,
Nossos Anais a história relatando,
Aparecer devemos! Com que opróbrio,
Com que desprezo as gerações futuras
Dirão de nós, julgando nossos fatos:
– Era de corrupção e decadência!...
E o que fazemos nós! A passos largos

Marchamos para a queda. E que não haja
Um braço forte, um braço de gigante,
Que entre nós se levante, e nos sustente!
Como as Nações se elevam, se engrandecem,
E como pouco a pouco se degradam!
Torna-se o povo escravo, os Reis tiranos.
Onde está Portugal? Nação que outrora
Do mar o cetro sustentava ufana,
E mandava seu nome a estranhos povos?
A Espanha, que terror impunha à Europa,
Quando nela imperava Carlos V,
O que é hoje, depois que este tirano
Sanguinário Philipe ergueu-se ao trono?
E essas Nações antigas, Grécia, e Roma,
Mães de tantos heróis, de tantos sábios,
Por que se despenharam da grandeza?
Porque a corrupção dos governantes
Até aos cidadãos tinha passado.
Nasce de cima a corrupção dos povos.
Sim, os governos sós são os culpados
Da queda dos impérios: maus exemplos
São sempre pelos homens imitados.
Quando à testa do Estado se apresenta
Um homem sem moral, falto de luzes,
Que as honras Nacionais vende à lisonja,
Quem o circula imita seus costumes,
E este por sua vez é imitado,
Até que de grão em grão, sempre descendo,
A servidão ao povo contagia.
Tudo perdido está; só a vergonha,
Só a miséria, o opróbrio então se espera.

O CONDE – Assim é; mas enquanto o povo dorme
O remédio é sofrer com paciência.

ANTÔNIO JOSÉ – O povo acordará.

O CONDE – A ele toca
Defender seus direitos. Mas eu vejo
Que ele se cala, e mostra estar contente.

ANTÔNIO JOSÉ – Não se devem fiar. Como o camelo, Sustenta o
povo acarga enquanto pode,
E quando excede o peso às suas forças,
Ergue-se e marcha, e deixa a carga e o dono.

O CONDE – Pois que se erga, e que marche; eu não o impeço.

O poeta e a inquisição

Eu não sou desses nobres ociosos
Que pesam sobre o povo; nem desejo
Que reine a tirania, ou a ignorância.
Trabalho pela pátria e pela glória;
Posto que seja Conde, sou Poeta;
Sei que um bom escritor vale mil Condes,
E curo de deixar úteis escritos.
ANTÔNIO JOSÉ – Oh, senhor, vós sois nobre duas vezes,
Nobre pelas ações, nobre no gênio,
Sem falar na nobreza dos Palácios.

CENA III

[O Conde, Antônio José e um criado]

O CRIADO – O almoço está na mesa.
O CONDE – Oh, é verdade,
Vai almoçar.
ANTÔNIO JOSÉ – Eu só?
O CONDE – Pois que cuidavas?
Eu almoço mui cedo; não chamei-te
À hora, por cuidar que então dormias.
ANTÔNIO JOSÉ – Então bem, até já.
O CONDE – Aqui te aguardo.

CENA IV

O CONDE *(Só)* – É um homem de gênio. Assim o Estado
Soubesse aproveitar o seu talento;
Assim o gênio governasse o mundo;
Ou então entre os Reis e as classes nobres
Só deviam nascer os grandes homens.

37

CENA V

[O Conde e um criado]

O CRIADO – Senhor conde, aqui está uma senhora,
Que pede uma audiência.
O CONDE – Dá-lhe entrada. *(Sai o criado)*

CENA VI

[O Conde e Mariana]

O CONDE – Oh, senhora Mariana! É a senhora!
MARIANA – Sou de Vossa Excelência humilde serva.
O CONDE – Sentemo -nos aqui... Que determina?
MARIANA – Desculpe-me o senhor conde; eu desejo
Saber notícias do infeliz Antônio.
O CONDE – Comigo está.
MARIANA – E crê o senhor conde
Que ele possa escapar?
O CONDE – Julgo provável.
Fujo de lhe falar sobre esse ponto,
De modo que ele ainda não contou-me
Como soube que foi denunciado.
MARIANA – Frei Eusébio, que é muito seu amigo,
Foi quem o preveniu ontem de noite.
O CONDE – Vou mandá-lo chamar; eu o conheço. *(Toca a campainha
e aparece o criado; entretanto escreve um bilhetinho)*
Vai aos Dominicanos, e procura
O padre Eusébio; entrega-lhe este escrito.
Que venha já. Olá, não te demores. *(Volta para o meio da cena e senta-se)*
Não sei ainda o que será; eu penso
Que isto é uma invenção de Frei Eusébio,
Sem fundamento algum; que ele o dissesse
Somente para rir, e causar medo;
Posto que seja um padre respeitável,
Incapaz de mentir; mas por galhofa,
Como Antônio José é engenhoso,
Talvez lhe esta pregasse.

MARIANA – O céu quisesse
Que o caso fosse assim! Mas eu não creio,
Para mim sempre é certa uma má nova.
O CONDE – Eu penso de outro jeito, e mais me inclino
A crer no que desejo.
MARIANA – O senhor conde,
Que pode efetuar os seus desejos,
Vê o mundo melhor e mais risonho;
Tem razão, mas não eu, pobre coitada
Que de insano trabalho me sustento.
O CONDE – Todos nós trabalhamos mais ou menos.
Diga-me, hoje que drama vai à cena?
MARIANA – A Castro de Ferreira.
O CONDE – E representa?
MARIANA – Sim, senhor.
O CONDE – Lá hei de ir; desejo vê-la
Nessa parte sublime, e tão difícil.
É do nosso teatro o melhor drama,
Que tão mesquinho é ele, a obra-prima
Do nosso bom Ferreira, que até hoje
Não achou quem a palma lhe roubasse.
Eu gosto do teatro, e tenho pena
Que este Antônio José não se elevasse
Ao gênero sublime da tragédia,
Ou da boa comédia.
MARIANA – Suas óperas
Sempre são aplaudidas pelo povo.
O CONDE – Quisera antes que o fossem pelos sábios,
Quanto a mim, um autor trabalhar deve
Por amor de sua arte tão-somente.
Mas Antônio José, apesar disso,
É um digno rival de Gil Vicente;
Sobretudo é faceto: e só por isso
Há de sempre ser lido com agrado.
Vamos vê-lo; ele almoça. Dê-me o braço.
Vamos causar-lhe agora uma surpresa. *(Saem ambos)*

CENA VII

[Frei Gil e o criado]

O CRIADO – Eu vou participar ao senhor conde,
Que o reverendo padre aqui o espera.
FREI GIL – Pois sim; podes dizer que Frei Eusébio
Não estando no convento, eu vim por ele
As ordens receber do senhor conde.

CENA VIII

[Frei Gil]
(Só, aproximando-se da mesa)

FREI GIL – Que negócio será com tanta pressa?
Estimo bem ter vindo. Quantos livros! *(Olhando para os livros,*
que estão sobre a mesa. Pega num que está separado, e dentro do qual estará a
carta, que Antônio José escrevera ao conde, participando que se achava em perigo)
Este é o que ele lê, que está de parte.
Que autor será? Vejamos. *(Abrindo a 1ª página)* Não conheço.
Boi-le-au Despre-aux – Que nome estúrdio!
Creio que isto é Francês, se não é Grego.
Aqui está no que perde ele o seu tempo!
E já bastante lê-lo! cá está marcado. *(Abrindo o livro pelo meio, onde*
estará a carta de Antônio José)
Isto é nota talvez. (Pegando na carta.)
É uma carta. *(Lê, e olha para trás, assegurando-se que não há, ninguém)*
Oh! que coisa feliz! Como apanhei-o!
É de Antônio José. Ei-lo assinado!
Estará ele aqui?... Se está!... É ele
Que ontem vestido estava de criado.
Vai para lá de noite!... Hei de esperá-lo.
Que livro!... Vou já pô-lo sobre a mesa, *(Procurando pôr o livro no mesmo lugar)*
No seu lugar... Aqui; creio que é isto.
Estava mais deste lado, assim virado.
O Conde o que estará fazendo agora? *(Chega-se à porta escutando)*
Muito bem... muito bem... aí vem gente *(Vem assentar-se pé ante pé,*
tira da algibeira o breviário, e põe-se a ler)
Não peco contra a forma.

O poeta e a inquisição

CENA IX

[Frei Gil e o CONDE]

(Frei Gil levanta-se à vista do conde, e faz uma grande reverência)

O CONDE – O padre mestre
Queira me desculpar. Eu sinto muito
Tê-lo feito cá vir inutilmente.
Desejava falar com Frei Eusébio,
Sobre um particular.
FREI GIL – Vossa Excelência
É que há de perdoar minha ousadia
De o vir incomodar; mas foi por zelo.
O CONDE – Sou grato ao padre mestre.
FREI GIL – Eu me retiro. (Vai-se, fazendo uma cortesia)

CENA X

[O Conde, Mariana e Antônio José]

(Entram depois que sai o frade; Antônio José chega à janela)

O CONDE – Como é zeloso; ou antes curioso!
MARIANA *(Despedindo-se)* – Deus guarde ao senhor conde; eu parto.
O CONDE – Viva.
(Mariana dá dois passos para se despedir de Antônio José, que volta repentinamente da janela)
ANTÔNIO JOSÉ – É ele! É ele! Eu reconheço o monstro.
O CONDE e MARIANA *(Assustados)* – Quem? *(Correm ambos para a janela)*
ANTÔNIO JOSÉ – Frei Gil!
MARIANA – Sim, é ele!
O CONDE – Felizmente
Que se retira, sem que fôsseis vistos.

FIM DO TERCEIRO ATO

Quarto ato

CENA I

Vista de sala em casa de Mariana, Lúcia assentada, fiando, perto da mesa sobre a qual estará um candeeiro aceso.

LÚCIA – E não me hei de queixar com esta lida!
Toda a noite a esperar: forte martírio!
A senhora vai lá para o teatro,
Lúcia que fique à espera, e guarde a casa!
Afinal já o sono vem chegando.
Ora pois, já são horas; já é tarde;
Já podia minha Ama estar de volta.
Mas que grande segredo será este?
Não me querem dizer! Esta cautela
Faz-me crer que isto é caso extraordinário.
A senhora anda tão sobressaltada,
Não dorme, fala só, e se lamenta,
Nem conversa comigo como dantes.
Eu desconfio muito. Isto é desgraça,
E desgraça bem grande! Oh, certamente,
Não é só o teatro que a molesta!
Que veio ontem fazer aqui tão tarde
Senhor Antônio e fora do costume
Tão gritador, tão sério, e ao mesmo tempo
Com ar tão abatido? E aquela carta
Ao Conde de Ericeira? E aquela farda
De criado? E a cautela! Aqui há coisa.
Queira Deus, queira Deus que a pobre Lúcia
Não se veja também metida em transes! *(Batem na porta)*
Quem é lá? É minha Ama certamente. *(Levanta-se e vai abrir a porta)*.

O poeta e a inquisição

CENA II

[Lúcia, Mariana, Frei Gil]

(Mariana assustada fica em pé com a mão na chave)

MARIANA – Quereis, senhor, deixar-me?
FREI GIL – Um só momento
Por quem sois, escutai-me.
MARIANA – Já vos disse,
Que vos não posso ouvir.
FREI GIL – Por que motivo?
Que mal vos fiz? Que sem razão é essa?
MARIANA – Retirai-vos, senhor. Não vos conheço.
FREI GIL – Ouvi-me, e vós sereis menos severa.
MARIANA – Quero enfim repousar; estou cansada;
Trabalhei toda a noite sobre a cena;
E não me é dado achar abrigo em casa.
FREI GIL – E eu então? Toda a noite ao ar exposto
Por vossa causa, fora do convento,
À espera, passeando à vossa porta;
E vós me repelis tão cruamente?
MARIANA – Eu não vos chamei cá.
FREI GIL – Se me retiro,
Vós me ireis procurar, disso estou certo.
MARIANA – Pois quando eu procurar-vos, falaremos.
FREI GIL – Então talvez que seja inutilmente,
Que seja tarde, e o mal não tenha cura.
Uma vez dado o passo, o mundo inteiro
Não poderá valer-vos; nem eu mesmo
Me abrandarei com vosso inútil pranto.
MARIANA *(Com veemência)* – Que ides fazer, senhor?
FREI GIL – Oh! nada... nada...
MARIANA – Mas vós me ameaçais? Que mal hei feito?
Não basta já meu crédito em perigo?
Quem vos tem visto entrar aqui tão tarde
Que há de mim supor?
FREI GIL – Pois é mudar-vos.
Ontem ofereci-vos uma casa,
E hoje reitero a minha oferta.
Se aqui quereis ficar, ficai, sois livre,

Também vos não obrigo; mas lembrai-vos,
Que a vossa decisão é a sentença
Que se há de executar em dano vosso,
E talvez de alguém mais...
LÚCIA *(Assustada)* – Que! Isso é muito!
De alguém mais? Pois também eu entro nisso?
FREI GIL – Quem te chamou aqui? Vai para dentro.
Mandai que esta criada se retire.
MARIANA – Não há necessidade; é minha amiga.
Lúcia, deixa-te estar.
LÚCIA *(Pondo-se junto de Mariana)* – Daqui não saio.
A menos que minha Ama não me ordene.
FREI GIL – Tenho que vos falar muito em segredo.
MARIANA *(Pegando na mão de Lúcia)* – Eu não tenho segredos que lhe oculte.
LÚCIA *(Beijando a mão de Mariana)* – Que coração de frade! O que quer ele?
FREI GIL *(Para Lúcia)* – Que te importa o que eu quero? Vai-te embora. Se não sais já daqui, eu te prometo
Que acusada serás do mesmo crime.
LÚCIA – Que diz ele, senhora? Eu criminosa!
MARIANA – Meu Deus!... Meu Deus!...
FREI GIL *(Para Lúcia)* – Então! Queres ouvir-me?
MARIANA – Mas, senhor, vós não vedes a distância
De uma mulher a um Religioso?
Que sinistra tenção nutris nessa alma?
FREI GIL – Não há mulher, nem há Religioso,
Nem sinistra tenção; eu já vos disse,
Que vos quero falar sem testemunha;
Não quero expor-me a ditos de criadas;
É segredo, repito: – e o tempo passa.
MARIANA – Valei-me, oh céus... Vai, Lúcia, vai; mas olha;
Se me ouvires gritar, vem socorrer-me.
(Retira-se Lúcia, benzendo-se, e olhando para trás; Frei Gil dá alguns passos, seguindo-a sempre com os olhos até que ela entra; Mariana sobressaltada, fica imóvel).

CENA III

FREI GIL *(Um pouco distante)* – Escutai-me. *(Indicando o meio da cena)*
MARIANA *(Ficando no mesmo lugar)* – Eu vos ouço.
FREI GIL *(Com ar de exprobração)* – Ao menos hoje
Creio que estamos sós!...
MARIANA – Como estou sempre.
FREI GIL – Não tanto assim, não tanto... Ontem de noite
Tenhais um Cavaleiro às vossas ordens!...
Eu louvo a vossa escolha, ele a merece;
Um para o outro vos fez a Natureza.
MARIANA – Senhor, que suspeitais?
FREI GIL *(Com ironia)* – Coisa nenhuma!...
Que posso eu suspeitar de uma senhora,
Tão cheia de virtudes, tão severa,
Que treme à minha vista, e nem se atreve
A levantar a fronte, e olhar-me em face?
Mas que sabe salvar as aparências,
Mancebos recebendo em sua casa
Com vestes de criado disfarçados!
MARIANA – Vós me caluniais.
FREI GIL – Oh, que calúnia!
Foi sonho o que aqui vi; oh, sim, foi sonho.
MARIANA – E o conheceis? Sabeis que homem é esse,
Que assim me ousais fazer corar as faces?
FREI GIL – Oh, não coreis! Não é para isso o caso!
Não o conheço, não; mas atendendo
À vossa alta virtude, e honestidade,
Deve ser vosso irmão, ou vosso primo,
Não é assim, senhora; – Eu adivinho!
MARIANA – É tudo quanto tendes a dizer-me?
FREI GIL – Ainda me resta intacto o meu segredo.
MARIANA – Pois acabai.
FREI GIL – Não tenho muita pressa.
MARIANA – Tenho eu; que não devo dar-vos conta
Do que faço.
FREI GIL – Vou já expor-vos tudo.
Mas dizei-me primeiro, se é possível,
Como se chama aquele moço de ontem,
Que me ousou insultar em vossa casa,
O braço levantar, e até ferir-me?

Sabeis qual é seu crime? Um sacrilégio!
Não tem perdão seu crime... Contra um Membro
Do Santo Tribunal erguer o braço!
Isto com testemunhas; vós bem vistes;
Sois cúmplice também do mesmo crime.
MARIANA – E vós, senhor, aqui por que viestes?
Que tenhais que fazer em minha casa?
Quem aqui vos chamou? Quem vos conhece?
FREI GIL – Não é essa a questão... Dizei seu nome?
MARIANA – Não sei.
FREI GIL – Que! Não sabeis! Ora essa é boa!
Pois recebeis em casa tanta gente,
Que os nomes não sabeis, nem um ao menos?
E então me perguntais por que motivo
Eu ousei aqui vir? Como se fosse
Necessário que vós me conhecêsseis,
Para que eu me atrevesse a visitar-nos.
MARIANA – Vós me insultais, senhor! A minha vida
Sem nódoa, não merece tais insultos.
Ninguém há que se atreva a infamar-me;
S-ó v-ós, s-ó v-ós, senhor, sois o primeiro.
FREI GIL – Ah! Sou eu o primeiro! Eu não sabia.
Pois praza a Deus que eu seja o derradeiro!
Mas deixemo-nos disso. Dai-me o nome
Que vos pedi.
MARIANA *(Com pertinência)* – Não sei.
FREI GIL – Teimais inútil;
Dai-me o nome.
MARIANA – Não sei; já vos eu disse,
E repito outra vez; não sei seu nome.
FREI GIL – Ah, quereis me ocultar! O Santo Ofício
Há de vos obrigar a confessá-lo;
Então me falareis de outra maneira,
Com menos altivez, com mais brandura.
Eu vos quero lá ver com esse orgulho
Responder: eu não sei, e tenho dito.
Veremos isso lá...
MARIANA – O Santo Ofício,
Poderá contra mim armar seu braço;
Poderá empregar o ferro, o fogo,
A tortura, e os mais bárbaros martírios;
Mas não me há de forçar a ser traidora;

O poeta e a inquisição

Mais fácil lhe será tirar-me a vida,
Que arrancar um segredo da minha alma.
FREI GIL – Oh! Oh! Tanto valor me causa riso!
MARIANA *(Com desprezo e indignação)* – E eu creio, sim; com uma
alma como a vossa!
FREI GIL *(Fortemente)* – Que dizeis? Oh, quereis lutar comigo!
Ah, não fosseis mulher, que neste instante...
MARIANA – Neste instante estaríeis de joelhos,
Pedindo-me perdão, se eu fosse um homem.
Covarde!
FREI GIL – Tanto orgulho já me irrita!
Eu quero, mulher louca, eu quero ver-vos
No Santo Tribunal com esse orgulho.
MARIANA – Vós me não conheceis; eu vos desculpo.
Sou louca, sou mulher, fraca, sem armas;
Mas quando uma mulher teima e resiste,
Quando a virtude lhe vigora o peito,
Forças lhe dá o céu, nada há que a vença.
Pela última vez, senhor, vos digo,
Podeis me ir acusar ao Santo Ofício;
Ide já, ide já: – eu aqui fico;
Ou se quereis levar-me, eia partamos.
Ao grande Inquisidor direi sem medo
O que vos disse já: não sei seu nome.
Poderão arrancar-me a própria língua,
Cortar-me os lábios, retalhar-me o peito;
Mas não desmentirei minha constância.
Deus me verá gemer; em Deus confio
Que nessa ocasião me dará forças
Para sofrer a prova do martírio,
Sem arrastar à morte um inocente,
Para salvar-me à custa de seu sangue.
FREI GIL – Um inocente! – E vós cuidais salvá-lo?
Cuidais que eu nada sei! Que estou dormindo?
Que não sei quem é ele? Que preciso
Que vós o acuseis? – O que eu queria,
Era vos humilhar, era vingar-me.
Assaz vingado estou, mulher soberba
Era Antônio José quem aqui estava.
MARIANA *(Cheia de espanto e perturbada)* – Ele?...
FREI GIL – Antônio José, sim, ele mesmo!
Ah! cuidavas então que eu não sabia?

Sim, é esse judeu refugiado
No palácio do Conde Ericeira,
Que cuida que ninguém mais o conhece.
Porque anda com a libré desse fidalgo.
Não, não há de escapar, eu vos prometo;
O judeu hoje mesmo há de ser preso.

(Mariana ouve este discurso na maior atenção, trêmula e como sem sentido cai de joelhos aos pés do frade, soluçando; depois de dizer o primeiro verso, segura com as duas mãos no braço de Frei Gil, este a afasta de si, marchando para o outro lado da cena; Mariana sem o largar é levada de rastos)

MARIANA – Basta, basta, senhor! Estais vingado.
Por Deus, por Deus; deixai o desgraçado;
Sim, vingai-vos de mim; tudo mereço,
Mas que mal vos fez ele?
FREI GIL – Ele é a causa
Da maneira porque me haveis tratado.
MARIANA – Não, senhor, não é ele; o céu me escuta.
Perdoai, perdoai minha ousadia.
FREI GIL – Já me pedis perdão?
MARIANA – Tudo por ele.
Nada quero por mim senão a morte,
Se vós ma quereis dar.
FREI GIL – Por ele nada,
Por vós tudo eu faria, se quisésseis;
Porém vós não quereis; sois orgulhosa.
MARIANA – Orgulhosa, senhor? E estou prostrada
Pedindo a vossos pés! Se fui soberba
Não me vedes bastante arrependida!
FREI GIL *(Transportado de alegria)* – Mariana arrependida!... Oh!
levantai-vos.

(Frei Gil ajuda Mariana a levantar-se, e tanto que ela se levanta, ele com uma mão segurando numa das de Mariana, com a outra passa sobre o braço como alisando-lhe a pele)

Levantai-vos, Mariana, vinde vinde;
Estais arrependida! – Oh que alegria
Me banha o coração! Minha alma voa;
Nem posso sustentar-me. Oh se soubesses
Que prazer me causais neste momento!
Eu tudo vos perdoo; e me arrependo
De vos haver tratado com dureza.
Perdoai-me também; vós perdoai-me? *(Como ajoelhando-se, mas não de todo.)*
Não é assim? Dizei. De vossos lábios

Quero ouvir meu perdão; essa voz doce,
Que me faz palpitar de amor o peito.
Vinde, cara Mariana; eu vos adoro.
Abraçai-me.
(Quer abraçá-la, Mariana o empurra, marchando para o outro lado cheia de horror, tendo ouvido todo o discurso do frade imóvel e estupefata)
MARIANA – Que horror! monstro, deixai-me.
FREI GIL *(Indo para ela)* – Mariana, que fazeis! Por piedade.
(Mariana corre de novo furiosa para o lado do oratório, sobe sobre o genuflexório, pousa uma das mãos sobre o oratório, tendo o outro braço estendido; Frei Gil a segura pelo braço, puxando-a)
MARIANA – Meu Deus. Meu Deus, livrai-me deste monstro.
FREI GIL – Quereis zombar comigo, mulher pérfida!
MARIANA *(Caindo de joelhos)* – Ai!!!

CENA IV

[Os mesmos e Lúcia]

LÚCIA *(Olhando para o frade que está tremendo de cólera)* – Em nome de Deus eu te esconjuro,
Se és o demônio com figura humana.
FREI GIL *(Chega-se para Mariana, que está nos braços de Lúcia, olha, e sai num transporte de desesperação)* – Oh, que fado é o meu! Tudo me odeia.

CENA V

[Mariana e Lúcia]

LÚCIA – Meu Deus, que hei de fazer? Se ela aqui morre!
Oh senhora Mariana!... Ela não fala!...
Como está fria!... As mãos estão geladas!...
Que suor... Como está tão desmaiada!...
Palpita o coração! Ah não está morta...
E eu sozinha... Como hei de socorrê-la?
Deixá-la, e ir buscar algum remédio...
Não... já sei, eu vou pô-la sobre a cama.
(Levanta-se com Mariana suspensa nos braços, e a vai levando devagar, indo ela de costas, de modo que Mariana, que vai com os pés arrastando, fique de frente; tendo dado alguns passos, Mariana firma os pés, levantando um braço, como acordando do desmaio; com este movimento Lúcia cessa de andar, tendo-a sempre nos braços, até que Mariana lentamente torna a si, e leva ambas as mãos aos olhos, paranão ver a luz que lhe faz mal)
MARIANA – Que clarão repentino!... Oh que fraqueza... Volteia-me a cabeça... a casa... Lúcia...
LÚCIA – Senhora, eu aqui estou. *(Dá com ela alguns passos para diante)*
MARIANA – Dai-me a cadeira...
Que aflição.
(Assentando-se; Lúcia fica de um lado pondo um braço sobre as costas da cadeira, de modo que Mariana recline a cabeça sobre o braço dela)
LÚCIA – O que tem, minha senhora?
MARIANA *(Pondo uma mão na testa)* – Ai de mim!... a cabeça se espedaça.
Os cabelos me espinham... Ai! Que é isto? *(Dizendo ai, sente um forte tremor,como um arrepiamento geral, levantando os braços convulsivamente)*
Eu toda me arrepio! *(Levantando-se repentinamente)*
LÚCIA – Senhora!
O que é? O que tendes?
(Mariana horrorizada olha fixamente, como vendo alguma causa, e aponta com o dedo, com o braço estendido, e soluçando quer falar e não pode; depois de ficar por algum tempo nesta posição, grita com voz rouca e trêmula)
MARIANA – Sombra horrível!
Fugi; deixai-me em paz... deixai-me, oh sombra!
(Empurrando com as mãos, e recuando, como se alguém a quisesse segurar.)
Não mais; não mais; deixai-me. Oh! Deus! Salvai-me. *(Corre, e ajoelha--se diante do oratório)*
LÚCIA *(Levantando as mãos para o céu)* – Noite de horror!...

Oh Deus! Que tenho visto!
MARIANA – Eis-me aqui miseranda; eis-me prostrada
A vossos pés, Senhor! Compadecei-vos
De uma fraca mulher. Ai! Já me faltam
Forças para sofrer um mal tão grande.
É certa minha morte... Mas ao menos
Quero morrer, Senhor, na vossa graça.

CENA VI

[Mariana, Lúcia e Antônio José]

LÚCIA *(Com transporte)* – Vinde, vinde...
MARIANA – Quem é?
ANTÔNIO JOSÉ – Sou eu, Mariana.
MARIANA *(Correndo para ele)* – Vós!... Antônio José! O que fizeste?
Senhor, o que fizeste? – Que tormento!
Vindes buscar a morte nesta casa?
ANTÔNIO JOSÉ – Como assim? Que traidor aqui me aguarda?
Quem é? Dize, onde está? Fala, Mariana.
MARIANA – Ah, senhor, nem valor tenho para isso,
Tão perto vejo o meu e o vosso dano.
ANTÔNIO JOSÉ – O que há de novo então?
MARIANA – Tudo se sabe.
Frei Gil...
ANTÔNIO JOSÉ – Que! Vi-o há pouco, daqui perto;
Mas não me conheceu.
MARIANA – Daqui saía.
(Antônio José assusta-se e fica suspenso)
Acreditai, senhor, tudo ele sabe;
Como andais, onde estais; talvez vos visse,
E fingisse que não vos conhecia,
Para melhor executar seu plano.
Ele aqui esteve; aqui esse malvado
Ousou... nem dizer posso.
ANTÔNIO JOSÉ – Eu já percebo
Qual é sua intenção. Enfim, Mariana,
Convém tudo dizer-te. Brevemente
Sai do porto um navio para a Holanda;
Nele tomo passagem. Lá seguro

Posso acabar os restos de meus dias.
Tenho cartas para Haia; o conde mesmo
Foi quem tudo dispôs. Eu fui à casa,
Aproveitando a noite, e vim dizer-te
O derradeiro adeus... Porém, Mariana,
Não posso aqui deixar-te, só, exposta
A vingança cruel do Santo Ofício.
Tenho pensado bem: eu só não parto.
Vem comigo.
MARIANA – Senhor, como é possível?
Que vou eu lá fazer em terra estranha?
ANTÔNIO JOSÉ – Ou ambos escapar, ou morrer ambos
Outro meio não há!
LÚCIA – E eu, senhora?
O que há de ser de mim? Ninguém se lembra
Da malfadada Lúcia.
MARIANA *(Apertando a mão de Lúcia)* – Estamos juntas.
ANTÔNIO JOSÉ – Então, nada respondes? Não decides?
MARIANA – Salvai-vos, vós, senhor; deixai que eu morra.
ANTÔNIO JOSÉ – Não, não parto sem ti. Minha Mariana.
Vamos juntos viver. Em qualquer parte
Onde a sorte levar-nos, eu prometo
De nunca te deixar; e se a amizade
Até hoje ligou-nos; se a desgraça
Nos aperta este laço; inseparáveis
Devemos sempre ser; sim, viveremos
Um para o outro; sim, tu serás minha,
Tu serás minha esposa; o céu me escuta.
Eis aqui minha mão. *(Segura na mão de Mariana)*
MARIANA – Eu vossa esposa!
Oh senhor!...
ANTÔNIO JOSÉ – Tomo Deus por testemunha,
Juro morrer por ti, ser teu consorte.
Sim, abraça-me, vem, cara Mariana *(Abraçam-se com transporte,*
Lúcia chora de ternura)
Só pode agora a morte separar-nos.
(Ouve-se um grande tropel)
MARIANA – Que rumor!...
ANTÔNIO JOSÉ – Que será?
LÚCIA *(Correndo para Mariana)* – Fugi.

CENA VII

[Os mesmos e Frei Gil]

(Familiares do Santo Ofício, e soldados que entram repentinamente)

FREI GIL – Da parte
Do Santo Tribunal.
(Os familiares se apoderam de Antônio José, que corre para Mariana como para abraçá-la, mas eles o impedem; entretanto Frei Gil se apresenta diante de Mariana, que convulsa e horrorizada mal o vê, e ouvindo aquelas palavras, grita)
MARIANA – Ai!...
(E cai por terra. Lúcia se ajoelha ao pé do seu corpo, cobrindo com as mãos os olhos, debruça-se sobre ele. Antônio José, seguro pelos braços, dobra os joelhos, lançando o corpo e a cabeça para diante, e procura com os olhos certificar-se do estado de Mariana)
ANTÔNIO JOSÉ – Está morta!...
(Firmando-se repentinamente, e fazendo um forte movimento com todo o corpo, grita)
Que eu não possa vingar a sua morte!...
(Aqui os familiares o puxam, e o levam de rastos. Frei Gil desde que Mariana cai, fica estupefato, com os olhos fixos no céu; assim termina o ato)

FIM DO QUARTO ATO

Quinto ato

Vista do cárcere do Santo Ofício; uma escada no fundo. Antônio José deitado no chão sobre palhas, preso por uma corrente à pilastra que no meio da cena sustenta a abóbada do cárcere; um candeeiro aceso, e um pote de água.

CENA I

ANTÔNIO JOSÉ – *(Fazendo um esforço para levantar a cabeça, olha para todos os lados, e firmando o cotovelo no cepo, que lhe serve de travesseiro, pousa a cabeça na mão, e com voz débil começa a falar)*
É dia, ou noite?... O sol talvez já brilhe
Fora desta masmorra... A natureza
Talvez cheia de vida e de alegria
O hino da manhã entoe agora!
Mas para mim fechou-se o mundo, e o dia...
Para o mundo morri... Minha existência
Já não conto por dias; sim por dores!
Nesta perpétua noite sepultado,
É meu único sol esta candeia
Pálida e triste como a luz dos mortos,
Diante de meus olhos sempre acesa
Para tingir de horror este sepulcro.
Seu vapor pestilento respirando,
Vejo correr meus últimos instantes
Como esse fumo negro, que ela exala,
E em confusos novelos se evapora.
Para mim já não soa voz humana!
Só perturba o silêncio deste cárcere
O ferrolho que corre, e a dura porta.
Que em horas dadas se abre ao carcereiro.
Por música contínua esta corrente,
Que retine, e chocalha em meus ouvidos,
E de negros vergões me crava o corpo...
Se eu pudesse dormir – um sono ao menos
Livre destas cadeias! – porém como
Tendo por cabeceira um duro cepo,
Este chão frio e úmido por leito,

O poeta e a inquisição

E palhas por lençol! – E por que causa?
Por uma opinião, por uma ideia
Que minha mãe herdou de seus maiores,
E a transmitiu ao filho! – E sou culpado!...
É possível que os homens tão maus sejam,
Que como fero tigre assim me tratem
Por uma ideia oculta de minha alma?
Por que em vez de seguir a lei de Cristo,
Sigo a lei de Moisés!... Mas quando, quando
Esse Deus homem, morto no calvário,
Pregou no mundo leis de fogo e sangue?
Quando, na cruz suspenso, deu aos homens
O poder de vingar a sua morte?
Que direito têm eles, que justiça,
Mesmo por sua lei, de perseguir-nos?...
Oh que infâmia! Assim é que eles entendem
Do seu legislador os mandamentos!
Leis de amor, convertidas em leis de ódio!
E são eles cristãos!... E assim manchando
O nome de Deus, ousam mostrar-se
À face do Universo, revestidos
De sagradas insígnias; profanando
Os Templos; que deviam esmagá-los!
E se inculcam de Deus Santos Ministros!
Oh céus, que horror! Que atroz hipocrisia!
*(Depois de um momento de pausa, esforçando-se para mudar de posição,
tinem as cadeias; fica apoiado sobre o braço, com a mão no chão, e com a
outra levantada e segurando na cadeia, que o prende à pilastra)*
Ai... já não posso... Dói-me o corpo todo.
Como tenho este braço. *(Tomando uma larga respiração)*
O ar me falta...
Creio que morrerei nesta masmorra
De fraqueza e tormento... O meu cadáver
Será queimado e em cinzas reduzido!
Oh, que irrisão. Quão vis são esses homens!
Como abutres os mortos despedaçam
Para fartar seu ódio, quando a vida
De suas tristes vítimas se escapa! *(Com indignação)*
Não, eu não fugirei à vossa raiva.
Não mancharei meus dias derradeiros
Arrancando-me a vida; não, malvados,
Assaz tenho valor para insultar-vos

De cima da fogueira. A minha morte
Quero que sobre vós toda recaia.
(Um momento de pausa; abaixa a cabeça como absorvida em algum pen-
samento esacudindo-a, diz com voz baixa e compassada)
Morrer... morrer... Quem sabe o que é a morte?...
Porto de salvamento... ou de naufrágio!...
E a vida?... Um sonho num baixel sem leme...
Sonhos entremeados de outros sonhos,
Prazer, que em dor começa, e em dor acaba.
O que foi minha vida, e o que é agora?
Uma masmorra alumiada apenas,
Onde tudo se vê confusamente,
Onde a escassez da luz o horror aumenta,
E interrompe o recôndito mistério.
Eis o que é vida!... Mal que a luz se extingue,
O horror e a confusão desaparecem,
O palácio e a masmorra se confundem,
Completa-se o mistério... Eis o que é a morte.
E minha alma?... Essa em mim existe agora
Como eu nesta masmorra esclarecida;
Vai-se a vida, e minha alma será livre,
De Deus receberá novos destinos,
Ou irá repousar na eternidade.
(Ouve-se o ruído do ferrolho que corre na porta que fica no alto da escada.
Antônio José experimenta uma comoção repentina)
Oh meu Deus!... Quem será? Estou tão fraco
Que o menor movimento me apavora!
(Faz diligência para ver quem vem; entretanto Frei Gil com um capuz que
lhe cobre a cabeça e a cara, e cai em ponta sobre o peito, e apenas com dois
buracos diante dos olhos, aparece no alto da escada, com um archote na mão,
e lentamente desce; chegando à cena, crava o archote no chão, e ajoelha-se
humildemente, levantando as mãos para o céu. Antônio José o contempla com
pasmo)

CENA II

[Antônio José e Frei Gil]

FREI GIL – Senhor, o vosso servo humilde implora
A vossa proteção. Eis o momento
Que de mais caridade necessito,
Para poder domar o meu orgulho
E completar a minha penitência.
Que seja esta masmorra o meu refúgio.
Onde humanas paixões entrar não ousem,
Onde eu, só pela dor cristã guiado,
Dos meus crimes passados me recorde;
Sofra todo o tormento dos remorsos
E no excesso da dor me purifique.
Senhor, Senhor, ouvi ardentes preces
Que hoje minha alma exala arrependida. *(Levanta-se)*
ANTÔNIO JOSÉ – O lugar é propício à penitência;
Decerto que melhor não acharíeis.
FREI GIL – Propício é o lugar, sim; mas às vezes
O coração humano é tão rebelde,
Tão pesado de vícios, que resiste
À voz terrível da verdade eterna,
Que tão alto ressoa na masmorra,
No retiro do claustro, e em erma gruta.
ANTÔNIO JOSÉ – A paixão mais insana, e mais fogosa
Quebra-se ante o rochedo da vontade;
Basta um desejo ardente e esclarecido
Para domar o peito: e uma Fé pura
Para que Deus perdoe.
FREI GIL – Assim o creio;
E ouvindo-vos falar dessa maneira
Exulto de prazer. Sim. Deus perdoa
Mas os homens acaso nos perdoam
As ofensas, e o mal que lhes fazemos?
ANTÔNIO JOSÉ – E que importa que os homens não perdoam?
Diante do Senhor os homens todos
São réus, e como réus serão julgados,
E nenhum poderá julgar ao outro.
Se aquele que só lê no livro oculto
Da nossa consciência nos absolve,

Quem terá o poder de criminar-nos?
FREI GIL – Porque não sois cristão! Se a luz de Cristo
Tivesse esclarecido a vossa crença,
Mais humanos discursos verteríeis
Os juízos de Deus são infalíveis;
Mas Deus julga no céu, na terra os homens;
E o Cristo do Senhor, na cruz morrendo
Perdoou, para que os homens perdoassem.
Nós pedimos a Deus que nos perdoe,
Como nós perdoamos; se ele outorga
As graças que diurnas lhe pedimos,
É porque os homens, seus amados filhos,
Vivam na terra em paz, em harmonia.
E as fraquezas do próximo desculpem.
ANTÔNIO JOSÉ – Divina unção respira esse discurso;
Mas, padre, vosso manto me revela,
Que vossa ordem profana a lei de Cristo,
Vosso claustro de sangue está manchando;
Mora nele a traição, o ódio, a vingança:
Dele fugiu a fé, e a piedade.
Ide pregar no vosso mesmo claustro
As virtudes cristãs. Se sois culpado,
Se arrependido estais dos vossos erros
Será esta uma boa penitência.
FREI GIL – Vós o ouvis, oh meu Deus! tudo mereço.
ANTÔNIO JOSÉ – Se desejais ser-me útil neste instante,
Dai-me a mão, ajudai a levantar-me.
*(Frei Gil lhe dá a mão, e Antônio José levanta-se, ficando apoiado por
algum tempo sobre o ombro do religioso)*
Ai... Eu vos agradeço... Já me custa
O peso suportar destas cadeias.
Muito tenho sofrido!
FREI GIL – Brevemente
Recobrareis inteira liberdade.
ANTÔNIO JOSÉ *(interrompendo-o vivamente)* – Que dizeis?
Liberdade! Não, não creio;
Nem sonhando a esperança me consola.
Fagueira liberdade! Ah, se eu pudesse
Lançar-me inda em teus braços; ver de novo
O mundo que eu perdi, e como a Phenix
Renascida das suas próprias cinzas
Cantar minha vitória, e ver em sonhos

A masmorra, como hoje vejo o mundo!
Mas que digo? Que tenho que ver nele?
Oh Mariana!... Onde estás? Tu me deixaste;
E uma lágrima ao menos não me é dado
Derramar sobre a tua sepultura...
Não irei perturbar as tuas cinzas
Com os meus tristes gemidos... Não, Mariana,
Não ficarei mais tempo sobre a terra:
Breve irei ver-te. – Ah, goza a paz eterna;
Goza, que eu me preparo para a morte...
FREI GIL – A morte desejais?
ANTÔNIO JOSÉ – Ah, venha a morte;
É só o bem que espero.
FREI GIL – Mas vossa alma
Não deseja outro bem?
ANTÔNIO JOSÉ – A eternidade!
FREI GIL – E não temeis o tribunal eterno?
ANTÔNIO JOSÉ – Deus é grande! E minha alma sai do mundo
Assaz martirizada pelos homens.
É em nome de Deus que eu sofro a morte;
E ainda não manchei o sacrifício,
Contra seu santo nome blasfemando.
Com o labéu de judeu, com que me infamam,
Fica minha memória nodoada.
A minha geração erra proscrita
Sobre os pontos da terra, e quando cuida
Achar oculto asilo onde repouse,
Encontra a maldição dos outros homens.
O Deus a quem meus pais sempre adoraram
É o Deus que eu adoro, e por quem morro.
Ele me há de julgar.
FREI GIL – E Jesus Cristo?
ANTÔNIO JOSÉ – É santa a sua lei; assim os homens,
Por quem ele morreu, a respeitassem.
Quem adora a um só Deus, e cumpra à risca
O tríplice dever que ele nos marca
Em relação a si, ao céu, e aos homens,
Nada pode temer.
FREI GIL – Não mais vos canso;
Quereis morrer na lei em que nascestes,
Eu morrerei na minha; e Deus nos julgue
Com aquela infinita piedade

Que merecem tão fracas criaturas.
Mas, Antônio José, eu vos imploro,
Para salvar uma alma arrependida,
Uma só graça.
ANTÔNIO JOSÉ – A mim? Que fazer posso?
FREI GIL – Tudo para aplacar os meus remorsos,
E dar um lenitivo à consciência,
Que sem cessar me exprobra, e me condena.
ANTÔNIO JOSÉ – Quem sois vós?
FREI GIL – Um perverso, um criminoso
Diante do Senhor, e ante meus olhos,
E indigno do perdão que ouso implorar-vos.
Eu perturbei a vossa paz terrestre;
Arranquei-vos do mundo, e sepultei-vos
Nesta escura masmorra... assassinei-vos
Fui eu... Que horror!... Eu mesmo. Oh, Mariana!
(Levantando as mãos para o céu)
ANTÔNIO JOSÉ *(Cheio de pasmo como duvidoso do que Frei Gil lhe vai dizer)* – Mariana!
FREI GIL – Já não vive...
ANTÔNIO JOSÉ *(Ouvindo estas palavras, deixa cair os braços sem força, e levanta os olhos para o céu; trêmulo e soluçando, ergue depois os braços, e cobre o rosto com as mãos, e com elas limpa as lágrimas, repetindo com voz chorosa)* – Já não vive!...
Minha cara Mariana!... Eu já sabia...
Eu mesmo a vi cair... Em vão tentava
Duvidar de meus olhos... Dessa luta
Ao menos na incerteza vislumbrava
Uma esperança vaga... Eu me dizia,
Que talvez o terror me fascinasse...
Que um desmaio talvez... Porém meus olhos
Assaz me desmentiam... Sua imagem
Sem cor, sem vida, e sobre a terra imóvel,
Para me exasperar se me antolhava...
O seu último ai... seu ai de morte,
Grito horrível da dor que o nó rompia
Entre sua alma e o corpo, de contínuo
Retumbava nos seios de minha alma...
Oh! porque não morri nessa hora horrenda,
Minha cara Mariana!... Ah, se a incerteza,
Essa incerteza vã, que eu só criava,
Com que eu só me iludia, era um abutre

Que o peito me roía lentamente;
Esta horrível certeza de um só golpe
Me espedaça, e me extingue o sentimento...
Eis os bens que eu tão louco imaginava
No que enfim acabaram!... Oh, Mariana!
E eu sou, oh dor!... de tua morte a causa
(Cobre os olhos com as mãos, e assenta-se sobre o cepo)
FREI GIL *(Horrorizado)* – Ah, vingai-vos, oh céus, de mim vingai-vos!...
E eu fui que perpetrei tão negro crime?
Eu mesmo? – Oh, tenho horror de minha sombra!...
Não mais... não mais me oculto a vossos olhos...
(Dizendo isto, arranca o capuz que lhe cobria o rosto, e se mostra pálido com os cabelos arrepiados)
Eis o crime pintado em meu semblante!
(Antônio José levanta-se repentinamente fazendo, ao mesmo tempo um movimento de horror)
Eis, enfim, quem eu sou... Voltais o rosto?...
Tendes horror de mim? Oh, sim, é justo...
Eu fui o vosso algoz... Senhor, vingai-vos,
Sim, vingai-vos, Senhor, aniquilai-me
Com insultos... cobri-me de ignomínia...
Mas vós nada dizeis?... Esse silêncio,
Esse silêncio horrível mais me infama...
Mais me exacerba a dor... Cruéis remorsos!
Despedaçai esta alma criminosa!
Não me poupeis... ah não... assassinai-me,
Como eu assassinei-a... Inferno! Inferno!
Tu estais dentro de mim... ah, devorai-me...
Mas que silêncio!... tudo me abandona...
Tudo foge de mim... horrorizado...
E estas muralhas sobre mim não caem!
Ah... fujamos daqui... Assaz vingada,
Assaz vingada estais com os meus remorsos...
(Foge furioso para o fundo da cena, quer subir a escada, porém cego e no delírio tropeça e rola, e tonto trabalha para levantar-se. Antônio José entretanto quer dar alguns passos para segurá-lo, porém é retido pela cadeia, e para não cair segura-se à pilastra)
ANTÔNIO JOSÉ *(Cheio de piedade)* – Basta, basta!... Se estais arrependido,
Se vossa dor é plena, recordai-vos
Do que disse o Senhor: "De seus pecados
Não mais me lembrarei, tudo perdoo;
Porque eu do pecador não quero a morte,

Mas sim que se converta, e que ele viva".
FREI GIL *(Ajoelhando-se)*.
– Oh palavras de Deus! Elas derramam
Na minha dor um bálsamo suave...
Eu não mereço tanto... Mas ditoso
Quem escuta, Senhor, vossas palavras
Nos dias de aflição, e de amargura!
Ah, possam elas inflamar minha alma
De fé, e de esperança; e os meus remorsos
Purificar a nódoa do pecado;
E como um doce orvalho saciar-me
Neste ardor, com que o crime me devora!...
Oh, Mariana! do céu onde desfrutas
A palma do martírio, e a paz dos justos,
Meu perdão condoida pronuncia.
ANTÔNIO JOSÉ – A força me abandona... Em vão tentara
Blasfemar, e exprobar-vos; neste instante
Minha alma se dilata, e a voz do mundo,
A voz da indignação morre em meus lábios...
Oh, não sei que prazer nunca sentido,
Só vejo um penitente arrependido
E ante mim o senhor me diz perdoa,
Mortal, perdoa; é teu... Ah vinde.
(Para Frei Gil)
Não vos agravo a culpa... O vosso indulto
Recebei em meus braços.
(Frei Gil, chorando de prazer, atira-se nos braços de Antônio José. Ouvem-se algumas badaladas de sino, e um rufo de tambor, e os dois separam-se assustados)
FREI GIL – Céus! Que escuto!
ANTÔNIO JOSÉ – É talvez o sinal da minha morte...
FREI GIL – Senhor!...
ANTÔNIO JOSÉ – Não receeis; dizei...
FREI GIL *(Soluçando)* – Não ouso...
ANTÔNIO JOSÉ – Eu entendo... é minha hora derradeira...
Bem... não tenho pavor... estou tranquilo...
Vós me servis de amigo... em vós confio...
Um favor só vós peço; prometeis -me
De o fazer?
FREI GIL – Ordenai-me, eu vos prometo.
ANTÔNIO JOSÉ *(Tirando do bolso uma medalha de ouro)* – Meus bens
devem ser todos confiscados,
Vós o sabeis, não posso dispor deles;

O poeta e a inquisição

Mas escapou-me ainda uma
Que eu trouxe do Brasil; foi um presente
De minha mãe, quando eu deixei a Pátria.
Meu pai serviu-se dela em sua vida.
(Dizendo isto, beija a medalha)
Ei-la... inútil me foi nesta masmorra.
Dai à Lúcia, que a venda, ou que a conserve;
A essa pobre Lúcia, que nem mesmo
Sei onde hoje estará.
FREI GIL – Na eternidade.
ANTÔNIO JOSÉ *(Surpreso)* – Lúcia!... Morreu?... Coitada...
FREI GIL – Poucos dias
Sobreviveu à morte de sua ama.
ANTÔNIO JOSÉ – Pobre Lúcia... Pois bem, ficai com ela;
Se a recusais, vendei-a, e dai esmolas
Aos pobres... Outra graça ouso pedir-vos;
Vós ireis ver o Conde de Ericeira,
Dizei-lhe que fui sempre seu amigo,
E que antes de morrer me lembrei dele,
E grato me mostrei aos seus favores.
Em meu nome pedi-lhe que ele queime
Alguns toscos, inúteis manuscritos,
Que em suas mãos deixei.
FREI GIL – Oh Providência!
Em núncio de desgraças me convertes!
ANTÔNIO JOSÉ – Que dizeis?...
FREI GIL – Oh, senhor, poupai-me ao menos
Desta vez; não queirais saber o resto.
ANTÔNIO JOSÉ – Que!... O conde morreu?... Oh, por piedade
Dizei, dizei que não... Tranquilizai-me...
FREI GIL *(Com voz fúnebre)* – Eu entoei o cântico dos mortos
Na sua sepultura!
ANTÔNIO JOSÉ – Oh!...
(Cai assentado sobre o cepo, mergulhado numa profunda dor; depois de um momento de concentração, diz)
Também ele!...
Morreram todos... Todos... E ainda vivo!
Eu também vou morrer... E num só dia
Tantos golpes recebo... E tantas mortes.
(Ouve-se o estrondo do ferrolho que corre, a porta de cima da escada se abre, descem alguns homens com brandões acesos, outros ficam nos degraus; um deles grita de cima)

Antônio José!...

FREI GIL – Deus!

(Antônio José sem dar acordo do que se passa, fica imóvel no mesmo lugar; um homem que traz os vestuários da pena de fogo se aproxima, tira-lhe a cadeia e o veste, sem que ele ofereça a menor com uma espécie de riso de desesperação)

ANTÔNIO JOSÉ – Oh! felizmente!...
Vou saudar o meu dia derradeiro
De cima da fogueira... A dor da morte
Não me fará tremer... Neste momento
Sinto todo o vigor da mocidade
Girar em minhas veias... Deus ouviu-me,
E de minhas misérias condoeu-se!...
Eu vítima vou ser no altar de fogo,
E entre a fumaça de meu corpo em cinzas,
Minha alma se erguerá com um aroma
Puro do sacrifício à Eternidade!...
Recebei-a, Senhor! – Eia, partamos.
Adeus, masmorra! Oh mundo! Adeus, oh sonho!

(Marcha intrépido, e sobe as escadas; Frei Gil cobre a cabeça com as mãos, e encosta-se à pilastra. Ouve-se o cântico fúnebre, um rufo de tambores e pancadas de sino, desce o pano)

FIM